記憶を食む

僕のマリ

カンゼン

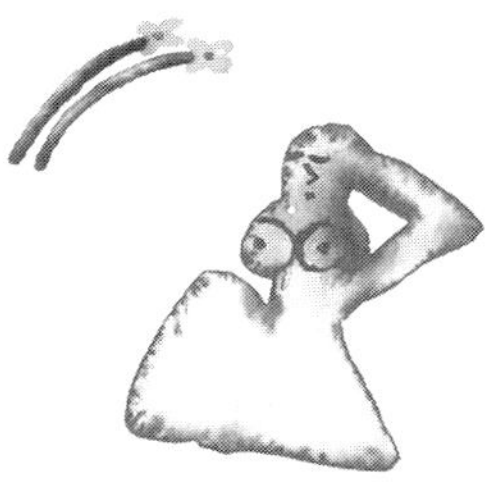

もくじ

i

iii

i

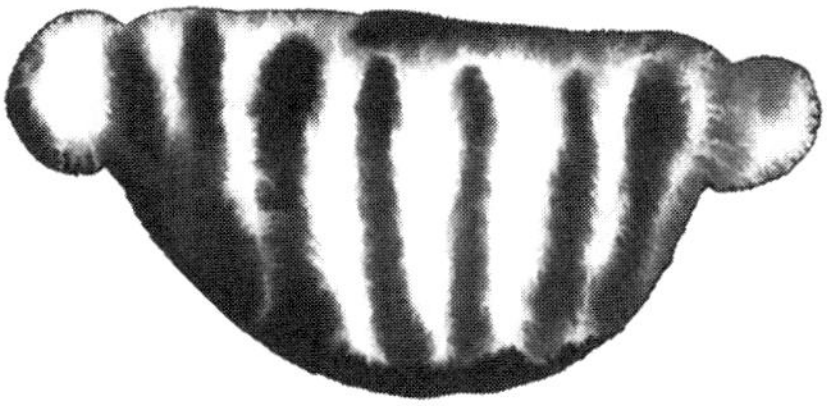

チーズケーキの端っこ

肌寒くなってきたこの頃、ひどい冷え性のわたしは手足が氷のように冷たく、爪も紫色で筋肉も凝り固まっている。そういうときいつも、冷蔵庫のチルド室でカチコチになっている肉のことを思い出す。近所のスーパーで買った豚こま、ダイエットのために常備している鶏胸肉。自分の顔の鼻や耳や、服に覆われていない手などの出っ張ったすべてが、冷蔵庫の肉のようでいつもドキッとする。昔から寒がりのわたしは、「寒くない」というだけで、真夏の日差しを浴びているときでも機嫌が良い。だから冬に向かっていく気候をどうサバイブしていけばよいか、毎日うっすらゆううつになっている。でも、だけど。食べ物のことを考えると鳩尾《みぞおち》のあたりがぽわぽわとあたたかくなる。それはわたしが、食べ物を胃に入れるとすぐ身体全体が熱くなり、やがて眠くなっていくから、反射的にそう感じてしまうのだろうか。その感覚を一言で表すなら幸福、だと思う。おなかがくちくなったとき、心も同様に満たされてくちくなっている。

＊

二〇二一年に初めて出版社から本を出した。風変わりな喫茶店について書いた本でデビューして、以降執筆活動を続けている。その喫茶店で働いていたとき、「ウエイトレス」という長閑なイメージとは裏腹に、忙しく過酷な環境で毎日汗を流していた。狭い持ち場を二、三人で接客から調理、仕込みまでを回すので、常に何かやることがあって手を動かしながら働いていた。時折叫びたくなるほど忙しかった。しかし、元々何かを作るのが好きなので、玉ねぎを切ったり、サンドイッチ用のパンにからしマヨネーズを塗ったり、そういう黙々とできる単純作業が好きだった。疲れる仕事ではあったけれど、癒やされてもいた。そんな日々をいつも思い出す。

地味でありながら一番苦手だったのは、チーズケーキを切る作業だった。お店で手作りしているチーズケーキは、昔ながらで素朴な味の人気メニュー。そのレシピを知っているのはマスターの妻だけで、週に何回か早朝に来てせっせとケーキを焼いている。早番だったわたしは、店の鍵を開けようとするときにふんわりと香るケーキのにおいを嗅いで、「焼いているな」と思うのだった。早朝に焼いて、粗熱をとって数時間冷やす。型を押しつけて切れ目を入れた後、包丁でひとつずつ切って金色の紙で包む。その作業が、わたしは店を卒業する間際まで本当に苦手だった。本当だったら、ケーキを焼いてから数時間後ではなく、丸一日くらい冷やして、生地がじゅうぶんに固まるのを待ってから切ったほうがよい。だが、人気メニューゆえに消費が早く、いつも急いで作って急いで切らなければならない、という事情がある。あまり想像がつかないかもしれないが、わたしが勤めていた喫茶店では、春夏はクリームソーダやコーヒーゼリー、秋冬はケーキ類を注文するお客さんが多かった。チーズケーキも例に漏れず、寒い時期は飛ぶように売れ、注文が入ってから慌てて切ることもあった。思い出しただけで、ほんのり胃が痛くなってくる。

小さい店だったので、前述したようにとにかく厨房が狭かった。狭い作業台でいくつもの仕事を並行していくので、テトリスのように皿や鍋を移動させて空間にはめこんで作業場を作っていく。広い作業台があればもう少しやりやすかったのかもしれないが、狭いところでちまちまとケーキを切っていくのは、ものすごい集中力と平常心が必要だった。注文や作業の合間をみて「さあ、ケーキを切るぞ」と意気込んで切り始めた瞬間に、店が混みだして食事のオーダーが立て続けに入ることもしばしばある。自分がベテランになった頃は誰かに頼るわけにもいかず、「ケーキを切る以外なら大丈夫なんだけど……」と思っていた。

しかし、そんな地味につらい作業にも小さなご褒美があった。柔らかいケーキを切っていると、台座のところにちょっぴり切れ端が残ることが多い。よく冷えて固まっていたら綺麗に全部切れるけれど、焼き上がってすぐで柔らかいと、どうしても残りがちになる。その、少しだけ残った一口のケーキを食べるのが、いつもわたしの楽しみだった。隠し味の柑橘の風味と、上質なクリームチーズの酸味が見事に調和している。焼き上がるときに香るバターはしつこくなく、一ピースでもぺろっと完食してしまうだろう。指の先ほどの小さな欠片を食べて、ぬるくなったコーヒー、もしくは氷が溶けて薄くなったアイスコーヒーを飲む。一瞬のご褒美でまた、頑張ろうと仕切り直すのだ。お店が残っている限り、あのチーズケーキもずっと定番であり続けると思う。でも、辞めたいまでは、チーズケーキを注文することはできるけれど、あの端っこはもう食べられない。もう食べられないと思うと、無性に食べたくなる。あれは普通に食べるケーキ以上に忘れられない味だった。

つまみ食いに関して、思い出深い記憶がもうひとつある。子どもの頃、母と苺のショートケーキを手作りした。あのときも冬の寒い日だった。我が家で冬生まれの人はいないので、誕生日などの特別な日でもなかったと思う。五人と一匹の家族で人数が多く、食事もお菓子も市販のもので済ませることが度々あったので、ケーキを手作りするということは本当に稀だった。

その日、年の離れた兄たちは学校だったか部活だったかで家におらず、母と二人でケーキを作るというイベントは特別感があって心躍った。生地をオーブンで焼いている間、生クリームを泡立てる。温度が高いと固まらないので、母は「これが結構難しいねんな」と呟いていた。ただの液体のように見えていた生クリームが、だんだん固くなっていく様子は、子どもながらに不思議な光景だった。やがてハンドミキサーを持つ手が、固くなった生クリームを混ぜるのに疲れてくる。ボウルとハンドミキサーがぶつかる音が何度か響いた後、ぴん、と角が立った美しいホイップクリームができている。壮観だった。

ハンドミキサーの回転する泡立ての部分を、ビーターという。そのビーターに少しだけ残ったホイップクリームを、「舐める?」と母が聞くものだから、わたしは驚いた。舐めたい……という、心の内を見透かされているようだった。わたしはお預けを食らっている犬のように、ビーターについているホイップクリームを凝視していたのだと思う。昔から思っていることが顔に出やすい。普段の母であれば許さないであろう、調理の最中のつまみ食い。「お行儀悪いけんな、特別な」と言われてビーターを舐める。できたばかりのホイップクリームを、つー、と舐めとる瞬間に甘さがびりびりしびれる。お行儀が悪い仕草を許されていること、できたばかりのホイップクリームを味わっていることが合わさり、無性に美味しく感じたのを覚えている。焼き上がった生地にホイップクリームを塗ったり、切った苺を飾り付けしたり、といった工程ももちろん楽しかったけれど、泡立て器のホイップクリームを舐める瞬間は格別の味わいがあった。わたしはあの瞬間から生クリームの虜になった。そういえば、あの喫茶店で働いているときも、生クリームを泡立てる仕事は毎日のようにあって、いまだから言えるが、やはりあのハンドミキサーのビーターを、舐めたくて仕方なかった。もちろん舐めたことなど一度もない。でも、すごく忙しい仕事の合間を縫って、ティースプーンに掬《すく》ったホイップクリームを一口、お客さんから見えないところで舐めてはいた。同僚とにやにやしながら、ホイップクリームを補給していた。

幼かった自分は、忙しい母を独り占めしてケーキを作れたことが心底うれしかった。母が兄妹三人を育てながら日々のことをこなすのは、すごく大変だったと思う。そんななかケーキを手作りするというのは重労働であったはずで、時間と手間をかけてくれたことも甘やかな思い出として心に残っているのだろう。あのハンドミキサーはまだ実家にあるだろうか。もしあったとして、母はあのときのことを覚えているだろうか。

＊

年末の足音が近づいてきて、毎日ばたばたと過ごしている。一週間が三日くらいに感じるほど、時間が過ぎるのが早い。季節の変わり目にはいつも風邪を引くので、ほぼ毎食頑張って自炊して栄養をとっている。冬のいいところは、鍋料理にしてしまえば簡単に美味しく栄養がとれるところだと気づいた。それに、寝るのが格段に気持ちいい。そろそろ大好きなクリスマスに向けて、クリスマスケーキを予約しなくちゃと思う。ケーキにかんするへんてこな思い出が、冬になるたび顔を出す。

朝食のピザトースト

今年三十二歳になる。三十二歳というのは、もうなんていうか、言い逃れできないほど立派な大人である。それでいて、日本人の平均寿命で考えれば、まだ折り返し地点にも立っていないのだから恐ろしい。あと四年もすれば、母がわたしを産んだ年になる。そう考えるとまた、気が遠くなる。自分の人生、好きに生きたいと思う。でも、それとは別に「大人として」しっかりしたいとも思う。そのふたつを両立させるのは不可能ではない。わたしがいままで読んだ本や、好きな映画や漫画がさまざまな道を示してくれる。二十代まではなんとなく苦しいと思うことも多かったが、いろんな経験が糧となり、いまの自分を作ってきた。

小学校に入学するとき、母がわたしの得意なことや苦手なことを記入する調書のようなものを書いていた。いないときにこっそり読んでみると、「短所：頑固」と書いてあった。長所はなんだったか思い出せない。活発とかマイペースとか、そういうところだったかもしれない。でも、頑固という短所だけはものすごくはっきりと覚えていて、折に触れて思い出す。子どもの頃はそれについて深く考えることもなかったが、大人になってからボディーブローのようにじわじわ効いてきた。成長して内省的になり、自分の言動が走馬灯のように蘇るたび、「頑固」という単語がテロップのようにでかでかと出てくる。わたしは、頑固だ。ひとり暮らしを始めるとき、親に買ってもらう家電の色を譲れなかったこと。会社で働いていたとき、嫌がらせをしてきた人を許さなかったこと。結婚してからも、夫と喧嘩するたびへそを曲げること。全部全部、頑固だから。

そもそもわたしには、「自分が折れる」「譲る」という発想が、あんまりなかったのだと思う。大人になって多少は協調性も芽生えたとはいえ、人に合わせるということに強い苦痛を伴う。心療内科で特性についての説明を受けたときに「こだわりが強い」と言われたが、それがもとの性格と合わさって頑固に拍車がかかっている気がする。

＊

結婚する少し前から自炊が習慣になり、もともと食べることが好きなので楽しく続けている。しかし、頑張って作るのは夕飯だけで、朝食はごはんと味噌汁か、パンを焼いたくらいの簡単なものしか用意しない。朝からそんな元気は出ないし、わたしも夫も、朝からたくさんは食べられない。たまに、朝から元気で、冷蔵庫に材料があればピザトーストを作る。野菜とベーコンとチーズをのせるだけで、ちょっとしたごちそうになる。欲張りだから、ついこぼれるほど具をのせてしまう。焼き具合を入念にチェックして、タイミングを合わせてコーヒーを淹れたら完璧だ。チーズの焼けるいいにおいが食欲をくすぐる。でも、ピザトーストを作るときに思い出すのは、母にしてしまったことだ。

物心ついたときから母は、いろんな食事を作ってくれた。朝は忙しいのに、フレンチトーストや具だくさんのサンドイッチ、小さなハンバーガーも用意して飽きないようにしてくれた。おしゃれに敏感な人だからか、食事も少し凝ったものが多かった。ひたすら口に運んで育ってきたけれど、ありがたかったなと思う。

高校生の頃、髪の毛を染めたりメイクを始めたり、楽しい時期を過ごしていた。マジョリカマジョルカの新作のアイシャドウや、市販のカラー剤で染めたミルクティー色の髪、ボディショップのジャスミンの香りのボディクリーム。身だしなみに気を遣って、早起きしてシャワーを浴びてから登校することも多々あった。香水こそつけたりはしていなかったが、「いつも良いにおいだね」とクラスメイトに言われるのがうれしかった。

そんなある日、朝食がピザトーストだった。ピザトーストは美味しい、好きだ。昔からの我が家の定番でもある。でも、生の玉ねぎがトッピングされている。トーストするとはいえ、生の風味はあまり変わらない。せっかくシャワーも浴びて良いにおいなのに、口がくさくなるなんて嫌だった。朝の支度で慌てていたわたしは、「玉ねぎはくさくなるから、わたしは食べない」と言ってしまった。その頃はもう兄たちも実家を出ていて、父も毎朝早くに仕事へ行くので、いつもわたしと母の二人の食卓だった。母は料理が上手で、母が作るものはなんでも美味しい。でも、玉ねぎは口がくさくなるから食べたくない。それだけのことだったけれど、「出された食事を食べない」という冷たい仕打ちをしてしまった。そのとき母は、怒るでも説得するでもなく、「そう」とだけ言った。どんな顔をしていたかはわからない。そしてそれきり朝食にピザトーストが出てくることはなかった。

玉ねぎを抜いて食べればよかったのに、それをしなかった。生来の頑固さが顔を出して、極端な行動でしか気持ちや希望を伝えられなかった。人を傷つけたはずが、自分も傷ついた。そういうことが人生で何度もあった。

高校に入学してすぐの頃、なんとなく家計簿を見ていたら、ピアスを空けた日のメモ欄に「まり　ピアスを空ける」という言葉とともに、怒った表情の顔が描かれていた。末っ子だった自分が大人びていく様子が、母は寂しかったのだと思う。兄たちも十八歳で家を出て遠くで暮らしていたから、余計にそう感じていたのだろう。でもわたしにとっては、ただただ縛られているようでうっとうしく、過保護な親、と白けた気持ちになった。わたしは幼い頃からいつも、子ども扱いされることに怒っていた。ずっと怒っていた。その怒りが長い時間をかけて醸成して膨らみ、反抗期に爆発したのだと思う。でも、早く自立したい、大人になりたいという気持ちとは裏腹に、出された食事に文句をつけることは甘えている証拠だった。そのことに気づくまで、随分と時間がかかってしまった。

親だから、家族だから、素直になれずに謝れなかったことがたくさんある。ただでさえ頑固なわたしだから、どうやって相手に歩み寄ればいいか、方法がわからなかった。幼い頃は大泣きして、思春期になったらなあなあにして、消化できないままここまできてしまった。三十歳を過ぎて、だんだん老いていく母と接するようになってやっと、思いやることができてきた気がする。お互いの角がとれて丸くなって、柔らかくなった。近くにいると、「してくれなかったこと」ばかりが目について、優しくできないことも多々あった。同性ゆえの衝突もあった。でもいまは少しずつ、お互いを尊重する気持ちが出てきた気がする。

＊

前の職場で働いていたとき、男性客がじろじろと見てくるのがつらかった。しかし、それは同じ店で働いている同僚にしか理解されない話でもあったので、「それのどこが嫌なの？」「それくらい良いじゃん」といなされることも多かった。わたしだって、「見られる」ということがこんなにしんどいと思わなかった。一生懸命働いているときに、何度顔を上げても目が合う人がいるのは気持ち悪くないですか。食い入るように見てきて、にらみ返してもジロジロ見てくるのは失礼なんじゃないですか。理不尽なクレームや迷惑行為よりも、よほどつらい状況だった。ある日、常連客でわたしのことを特に見てくる男性に、我慢できずブチ切れたことがある。素っ気なくしてもにらんでも見つめてくるから、ついに爆発してしまった。「ジロジロ見て失礼です。もう来ないでください！」と叫び、和やかなモーニングの時間帯が一瞬で地獄のような雰囲気になった。出禁がつらいのか、わたしが怖かったのか、その客は涙を流しながら帰っていった。わたしのあまりの剣幕に、一緒に働いていた同僚は気まずさをかき消すように綺麗なテーブルを何度も拭いていた。

実家に帰ったときにふと、母にこの客のエピソードを話したことがある。わたしは家族の前ではやや口数が少なく、なんでも話すタイプではない。雑談はするけれど、自分の身に起こったことを話すのは稀だった。なぜそのとき話そうと思ったかはわからないが、疲れ切っていて、話さずにはいられなかったような気もする。話し始めてから（あ、この話をして逆に怒られたらどうしよう）と思った。昭和世代の母に、お客さんの愚痴を言う自分はどう映るのか急に不安になったのだ。「気強いな」とか「あんたは怒ったら折れへんからな」と呆れられるかもしれない。それでも一か八か、「毎日来る八十歳くらいのお爺さんが、来るたびにわたしの顔ジロジロ見てくるんよね。遠くの席に通しても、振り返ってまで見てくる」と続けた。横目で母の表情を盗み見る。母は、ため息交じりの「えー」という声を出した後、「なんやねん、きしょい奴」と言って笑った。

真夜中の炭水化物

たまらないもの、足が太い犬の肉球。石油ストーブのにおい、牛乳石鹸の赤箱のもちもちの泡、朝焼け、喫茶店の手作りケーキ、ヨーロッパの古着。すごくたまらないもの、旅館に泊まったときの長い夜。夏に明るい時間から居酒屋で飲むビール、ライブが始まる瞬間の客電が消えたときに光るＰＡ卓。日々の忙しさに負けて心身共に疲れていると、視界が狭まり勘も鈍ってくるが、思い出すだけで心臓が脈打つようなたまらないものが、わたしにはいくつもある。とりわけたまらないのは、深夜や明け方にカロリーの高いものを食べること。年齢とともに自分の身体を労ることを覚えたいまは滅多にしないけれど、そういう記憶を引っ張り出すと、心が満ち満ちとしてくる。

＊

二十代の半ば、それはもう好き勝手生きていた。きちんと働いて生計を立てていたし、やることはやっていたけれど、それにしても好き放題の生活だった。読書に映画にライブにお酒に、身体さえあいていればどこにでも飛んで行った。いまでは考えられないが、朝起きた瞬間に思い立って新幹線に乗って遠くに住む友だちとの飲み会に参加しに行くような衝動性もあった。いろんなライブハウスや喫茶店や酒場に顔を出して、朝も夜も気ままに動く。生活のなかに遊びがあるというより、遊びのなかに生活があるような感覚だった。遊びに夢中になって終電を逃し、深夜にタクシーで帰ることも少なくない。そうなると健康的な生活が遠くなっていく。ある日ふらりと立ち寄ったバーで、初めて行ったその日に「ここで働かせてもらえませんか？」と直談判して週に一度バイトするようになってからは、生活のリズムがさらに崩れた。仕事が終わるのは夜中だった。

そのバイトが終わって帰るとき、大体いつもおなかが空いていた。バーの店番自体はかなり自由だったので、接客の隙を見てコンビニで買ってきたパンを食べたり、暇なときはのんびりパスタを食べながら小説を読んだりしていた。でも、深夜一時まで働いていれば、やはりおなかは空く。そんなとき、わたしは帰り道の深夜まで営業しているラーメン屋に駆け込み、ラーメンと生ビールを注文した。「お疲れ様です」と言ってビールを渡してくれる店員さんに会釈しながら、ぐいぐい飲む。ラーメンにごまをかけて、静かに食べる。わたしは麵が上手く啜れない。でも、もさもさ食べるラーメンも美味しい。ビールもラーメンも、こんな夜中に食べたらさらに身体に悪そうだな……とうっすら思うが、この時間というものがさらなる旨味の成分となっている。店内にはほとんど客はおらず、ましてや若い女性は自分だけということが多かったが、だからこそ深夜のラーメンは「自由の象徴」のように感じて、帰り道の身体は羽が生えたように軽かった。誰にも何も言われない自由さを満喫できたのが、わたしの二十代の大事な思い出だった。

代謝が良いと考えるか、燃費が悪いと考えるかは別として、わたしはいつもおなかが空いていた。だから、深夜一時にラーメンを食べても、翌朝七時にはきっちりおなかが空いている。なかったことになっている。起きたら、食パンを焼いてコーヒーを飲んで、時間があればバナナ入りのヨーグルトを食べて次の仕事に出かけていた。眠いときも疲れているときも、食べていた。食べることの次に寝ることが好きなのに、わたしは寝つきが悪かった。一度寝ても、途中で起きてしまったらなかなか眠れず、気づいたら空が白んでいることも多かった。寝なくちゃと思うほどに焦って神経が昂ぶり、眠れない。そういうときは、何かを食べることにしていた。

真夜中に起きだしてトーストを焼き、バターをたっぷり塗って食べる。ピーナッツバターでもいい。パスタを茹でて、レトルトのソースをかけて食べる。この時間に食べるときは、キッチンの灯りだけつけて、立って食べる。家に何もないときは、近くのコンビニまで行って、カリカリ梅か鶏五目のおにぎりを買うこともあった。満腹になったら、また歯を磨いてベッドに入る。食べてすぐ寝るのは胃腸には良くなかったと思うが、冷え性の身体がぽかぽかと温まって、すぐに眠れた。ぼやけていく意識の淵で、鳥が鳴く声や新聞配達のバイクの音が聞こえてくる。タブレットから流しっぱなしにしている外国の映画の、知らない言葉がだんだん遠ざかっていく。上手く寝つけない自分は、少し変な方法でなんとか眠気を誘い出していた。

ひとり暮らしの小さな部屋は、わたしの宇宙だった。いつ寝てもいつ起きてもよく、好きな時間に出かけても帰ってもよく、誰にも何も言われることがない。青い花柄のカーテンと、白いラグと牛の置物、たくさん生けてある花が自分をまるっと認めてくれるような気持ちだった。つらいときや悲しいときに大泣きできるのも良かった。うれしいときだって泣いた。みっともなくても必要な時間だった。大きな音で音楽を聴いて、踊りまくった。いい文章が書けたら、身体が発光しているような気がした。わたしはあの部屋で、何度でも無敵な気持ちになって、前に進んできた。

いまは身体を整えることに重きを置いているので、深夜にたくさん食べることはほぼない。夜出歩くことも少なくなったし、いつも自炊して暮らしているので、予備で買ってあるカップ麺にすらずっと手をつけられていない。大好きなパンや麺もたまにしか食べないくらい、食生活に慎重になっている自分がいる。でも、たまに夜中や明け方に起きたとき、ひとり暮らしのときのめちゃくちゃな食生活を思い出してはうっとりする。こってりしたラーメンも、バターをたっぷり塗ったパンも、自分から少し遠い存在になりつつある。それにしても、あんなに好き勝手食べても痛くならなかったおなかに、感心もする。先日朝の四時に目が覚めたときは、小腹が減って、思案した末に帰省のお土産の「博多通りもん」を食べて、ちょびっとだけコーヒーを入れた牛乳を飲み、歯を磨いてまた寝た。甘いものが脳をびびっと刺激して、おなかも満たされ、幸せな気持ちで鳥の声を聴いた。いまはこの量がちょうどいい、なんて思いながらぐっすり二度寝した。

昨年、知人がやっているポッドキャストにゲストとしてお邪魔した際、「大人になったと思ったとき」についての話になった。二十代の頃は、朝帰りしたときや一人で飲みに行ったときにそれを強く感じたものだが、そのときわたしが出した答えは「明日食べるキャベツの千切りを用意しているとき」だった。明日の胃腸に配慮するようになったとき、朝帰りやお酒よりもう一段超えた「大人」になった気がした。四十代、五十代になったときの答えもまた、変わっていくんだろうと思う。衰えや退化ではなく、それは進化なのだ。

りんごを剥いたら

犬の散歩のバイトに応募して、落ちたことがある。ものすごくやりたかっただけに、ショックが大きくてふて寝した。大好きな犬と散歩できて、お金がもらえるなんて最高！と舞い上がっていた自分が哀れだった。いま思えばそんな最高のバイト、倍率が高いに決まっている。実際にやってみたら大変で責任も大きいかもしれないけれど、それでも一度はやってみたいといまも未練たらしく思う。いつか来るその日に向けて、体力をつけておこうと意気込んでいる。

＊

近所にキャバリア・キング・チャールズスパニエルを飼っているおうちがあって、その犬はものすごく人が好きで仕方ない犬らしい。飼い主さんも親切で、散歩中にすれ違うと触らせてくれることがある。小さな頭をめいっぱい擦り付けながら、尻尾も千切れそうなほど激しく振り、情けないほど甘ったれた顔をしている。全部の犬がそうではないとはいえ、でも犬という生き物は愛を食って生きているような風情がある。子どもの頃から犬好きの自分は、白い服を汚されても、よだれをつけられても構わない。犬からしか摂取できない栄養がある気がする。いつだったか、その近所のキャバリアの飼い主さんに「毎日夕方六時にこの角で待っていますので、犬を触ってやってほしい」といわれる夢を見た。起きたときに夢とわかって激しく失望したのはこれが初めてだったが、自分のエゴと欲望を煮詰めたような夢だったので、夫には失笑された。

昨年は看板犬がいるペンションに泊まりに行った。ゴールデンレトリバーが四匹いて、好きに触っていいというので感激した。みんな身体が大きくて毛並みも良く、爪も綺麗に切られ、よくお手入れされていた。大きい犬特有のぬるい息を吐きながら、歓迎してくれた。食事とお風呂の合間にたくさん撫でて、ほくほくとした気持ちになる。次の日はまた車を走らせて、「世界の名犬牧場」というところへ向かった。もう十年以上、結構なペースで遊びに来ているほど好きなところで、その名の通りさまざまな犬たちと触れ合うことができる。犬を一匹選んで散歩するのは有料だが、入場料も安く、利権をさほど感じないのも好きなポイントだった。そのとき犬に囲まれているわたしの写真を見たら、笑顔を超えた、うれしすぎておかしくなっている顔だった。物心ついてからずっと、犬が好きなままなのだ。

家でりんごを剥くときにいつも、記憶の蓋が開く。まないたの上で八等分に切って、皮を剥いているときに耳がぴくっとする。でも、何があるわけでもない。聞こえてきそうなのは犬の鳴き声で、その犬というのは七年前に天国へ行った。でもりんごを剥くたびに、冷蔵庫の野菜室に手をかけるたびに、やっぱり実家の犬がクーンと鳴くことを思い出す。犬はりんごが大好物で、剥いているときから切ない声を出してアピールしていた。そわそわと落ち着かずに、そのあたりを歩き回る。「待て」と言っても、おすわりしながら激しく足踏みする。あんまりうるさいと、母に怒られる。それはもう、身体に染みついた我が家のワンシーンだった。いなくなってから随分経つのに、いまでも実家の玄関のドアを開けるときに、家のなかから犬が走ってきそうだと思う。でももちろんそんなことはなくて、じゃあいつになったらそう思わなくなるんだろう、と考える。

夫と食後の散歩で近所を一周するときに必ず通る家には、夏の間はトマトのプランターが置いてあった。小学校で一人ひとつ育てている、という感じで名札も土に刺さっていた。結構長い間、ひとつだけ実っているトマトがずっと収穫されずに垂れ下がっていて、それを見たときも実家の犬のことを考えていた。りんごに次いでトマトも大好きで、両親は犬のために家庭菜園でトマトを作っていた。トイレのために庭に放すと、何食わぬ顔で実ったトマトを食べて帰ってきた。口の周りに汁と種がついているのでバレバレだった。水を飲むなどして口周りの毛が濡れると、人間の衣服で拭きに来るのもおかしかった。ひとつ思い出すと、そこから枝葉が分かれるようにいろんな記憶が蘇る。

でも、あの子が人間の食べ物をほとんど食べなくてよかった。あげていたのはほんの一部の果物や野菜で、基本的にはドッグフードと犬用のおやつだった。もしいろんなものをあげていて、いろんなものが好きだったら、思い出すことも多くて少しつらいのかな、と想像する。たかだかりんごやトマトでしんみりしている自分が、それに耐えられるだろうか。

わたしは、人生であったつらいことや悲しいことを、大体乗り越えた気でいる。誰かに裏切られたり、失望したり、耐えがたいほど苦しいこともあった。でもなんとかやってきた。これからもたくさん、そういうことはあると思う。大人だけど、まだまだ大泣きすることだってたくさんあるはずだ。心が真っ黒になるようなつらいことだって、乗り越えなくても生きてはいけるし、意識せずとも気づけば乗り越えていたことだっていっぱいある。じゃあ、死んだ犬を恋しく思う気持ちというのは、どうだろうか。もし乗り越えられなくても、それを大事に抱えたまま生きるのも、悪くないと思う。

亡くしたときの悲しみはいまだ濃いけれど、それでも犬はいいなと思う。生活が犬中心になるとしても、お金がかかっても、少し大変でも、また飼いたい。表情豊かであたたかくて、あまりにも真っ直ぐで胸が打たれる生き物。笑っているような顔や、叱られた後の上目遣い、留守番の後のしみったれた顔すらもかわいい。散歩中の犬を眺めることも、インスタグラムで犬の写真を見ることも、わたしの生活に自然と馴染んでいる。看板犬がいる宿やカフェに行きたいし、夫の実家に行くときは、隣の家で飼っている犬に一目会いたい。それで、「やっぱり犬はいいなあ」と、何千回も言ったであろう台詞を呟きたいし、「ほんとに犬が好きだよね」と、他人に呆れられたい。そう思うと、いなくなったときの悲しみ以上に大きな喜びを、犬からもらってきたのかもしれない。

＊

昔はさほど好きでもなかったりんごだが、いまでは欠かせない冬の楽しみになっている。トキや王林などの青りんごも好きだし、でもやっぱり甘みと酸味がちょうどいいサンふじが食べたくなる。わたし以上に夫はりんごが好きで、食事で満腹になってもりんごは食べる。食後にお茶を飲みながらりんごを食べているとき、しゃくしゃくと小気味良い音が居間に響くと、やっぱり犬がすっ飛んできそうで笑ってしまう。

直樹の焼きうどん

昨年、やたらとお祭りに行った。ほぼ毎週といって良いほど行っていた。家から歩いて行ける距離のところにしか行かなかったけれど、それでも夏の間、どこかしらの神社や小学校でいつもお祭りがあった。夕方までに家事や仕事を済ませ、明るいうちから缶ビール片手に会場へ向かう。浴衣姿の人や、はしゃいでいる子どもたちが増えてきたら、自然とこちらのテンションも上がる。盆踊りの音を聞きながら屋台で何を買うか考えているとき、やけに楽しい。たこ焼きやイカ焼き、じゃがバターやりんご飴。いつも大体、迷った末に焼きそばを買う。芯ばかりのキャベツや、豚肉の端っこが申し訳程度に入っていて、ほとんど麺しかないけれど、異様にそそる。焼きそばというより、炭水化物という感じがするけれど、それがなんだか美味しい。自分で作ったほうが美味しくできるはずだけれど、でもそれとは違うベクトルで美味しいと感じる。そういえばこんなこともあったなと、思い出したことがあった。

＊

高校三年生のときに仲が良かった千夏とは、休みの日に遊ぶことはあまりなかったけれど、学校ではいつも一緒にいた。ノリが良くて楽しい千夏といるのは居心地がよく、くだらないことでいつも爆笑していたものだ。なぜ休みの日に一緒に遊ばなかったかというと、休みの日の千夏は大体彼氏と遊んでいたからだ。一年生のときから彼氏が途切れない千夏は、常に誰かと付き合っていて、四六時中連絡をとっていた。当時、ウィルコムというブランドのＰＨＳが流行っていた。月額三千円ほどで、ウィルコム同士であれば通話がし放題だったので、仲の良い友だち同士やカップルがよく使っていた。千夏も例に漏れずウィルコムを所有しており、携帯と二台持ちで常にどちらかを触っている。

「あ、直樹」というのが千夏の口癖であった。コンビニのバイトで出会ったという年上の彼氏である直樹とは、休み時間や昼休みもずっとメールか通話をしていた。携帯をいじっているときにわたしと目が合えば、「あ、直樹（にメール打ってる）」と言い、ポケットのなかでウィルコムが震えれば「あ、直樹（から着信だ）」と目を輝かせる。直樹まみれの一日だった。直樹は二十歳で、高校生の自分からすればやや大人に感じる。どんなデートをするのであろうか。高校生同士の、マクドナルドやサイゼリヤでえんえんと粘っているような時間は過ごさないのだろうか。たかだか二、三歳上の男性に対して、なぜだかすごく期待のハードルを上げてしまっていた。

卒業まで二ヶ月を切った頃、千夏が「直樹んちに行くけど、一緒に行かない？」と誘ってきてくれた。その日は確か土曜日で、一般受験組だったわたしは、本来なら朝から晩まで勉強しなければならない。遊びに行っている暇などない。しかし、そのときのわたしは好奇心に負けた。「夕方までには帰る」と母に言い残して、地元の駅でお土産のミスタードーナツを買って、指定された駅へと急いだ。千夏と落ち合い、直樹のアパートへと歩く。当たり前かもしれないけれど、「彼氏が一人で住んでいる家に、いつも行ってるんだなあ」と思うと、憧れと気恥ずかしさが一気に押し寄せる。直樹も大人だが、千夏も大人だと思った。二階建ての白いアパートの一階に、彼は住んでいた。インターホンを押してから家主が出てくるまでの間、異様に長く感じる。ドアノブが廻り、直樹が出てきた。片足だけをサンダルに突っ込み、前のめりになるような姿勢で出迎えてくれた。彼は想像したより小柄で、痩せていて、眉毛がほとんどなかった。

手土産のミスドを渡し、三人で床にぺたりと座る。間取りは1Kで、料理をしない前提で取り付けたような簡素なキッチンと、洗濯機と、ツードアの小さな冷蔵庫、布団だけがあった。長さの合っていないカーテンから察するに、引っ越して日が浅いのかもしれない。わたしたちは何をするでもなく、他愛もない話をした。学校であった面白いことや、バイトでのエピソード、千夏の双子の妹のこと。脈絡のないことを話していようでいて、嫉妬深い直樹に配慮して同級生の男の子の話はしなかった。束縛とか嫉妬とか、そういうナイーブな感情さえ、高校生のわたしたちには愛情のバロメーターのようだった。

ドーナツを食べたきりでおなかが空いていた。テレビもない静かな部屋では、めいめいのおなかの音がよく響いた。「コンビニでも行く？」と提案しようと考えた。もしくはどこかに食べに行ってもいい。すると直樹がやおら立ち上がり、冷蔵庫を開けた。「作ってやろうか」とわたしたちに問いかけ、「食べたーい」と千夏は甘えた声を出した。

シンクの下の収納から、フライパンが出てきた。コンビニで買ったようなミニサイズのサラダ油をひき、直樹はもやしを炒める。チルドのうどんを二袋加える。三分ほど炒めた後、醬油を一回し入れた。それで調理の全工程が終わった。「皿とか、ねえんだよな」と言いながら、やっと見つけた紙皿に焼きうどんをよそってくれた。一枚しかなかったので、直樹と千夏はフライパンから直で食べることにしたらしい。しかし、箸もなかった。さっき炒めていたときの菜箸しか彼の家にはなく、割り箸もねえ、と舌打ちしていた。仕方ないので、三人で菜箸を交代で使って焼きうどんを食べた。

当たり前だが醤油の味しかせず、普段食べてきたそれとはだいぶ違う味だった。具がもやししかなくて、だしの香りもない焼きうどんは初めてだ。みんな空腹だったので、もくもくと食べた。キャベツも人参もネギもお肉もないけれど、なんだかやけに美味しく感じて衝撃的だった。あっという間に食べ終えて、その頃には日が暮れていた。直樹はわたしと千夏を駅まで送って、「またな」と言って帰っていった。その日は帰ってからずっと、直樹の焼きうどんのことをぼんやりと考えた。美味しすぎなくて美味しい、という謎の境地を体験したのは、これが初めてのことだった気がする。手間暇かけて、それなりに良い食材や調味料を使って作ったもののほうが美味しいと決めつけていた。しかし空腹状態で食べたから、という条件を抜きにしても、なんだか癖になる味だった。千夏とは卒業して以来会っていない。成人する頃に連絡をとったときはまだ直樹と付き合っていたような気もするけれど、いまはどうしているんだろう、とぼんやり思う。

＊

できるなら、美味しいものを食べたいし作りたい。人に贈り物をするときだって、外さない良いものを選びたい。でも、美味しすぎなくて美味しい、という喜びも確かにあって、そういうものほど心に残ったりする。それはわたしにとって、お祭りの屋台の食べ物だったり、ファストフードだったり、コンビニの肉まんだったりする。おしゃれして食事しに行くという豊かさもあれば、家ですっぴんで眼鏡の状態で食べる適当なごはんにも豊かさはあるはずだ。お昼を食べ損ねて変な時間に食べる卵かけごはんが、妙に美味しかったりすることもある。忙しい日々の合間に心をほぐしてくれるのは、案外気取らない食べ物なのかもしれない。

いつかマックで

　わたしは記憶力が良い。とても、良い。自分でも苦しいくらいいろいろなことを覚えているし、忘れられない。友だちが通っていた中学校の名前や、夫の幼なじみが結婚式を挙げた日など、周りが怖がるほどよく覚えている。似た者同士か、夫もかなり記憶力が良いほうだったが、わたしの記憶力が桁違いにすごいので、自分は何かを記憶するのをやめたと言い出した。

　しかし、そんなわたしも舌を巻くほど記憶力の良い人がいる。三歳の姪っ子だ。彼女も本当に些細なことまで覚えている。まだ三年ほどしか生きておらず、言葉を話し出してから二年足らずだが、それにしては、自分が見聞きしたことをよく覚えていて話してくれる。

というのも、この一年ほどで会話や意思疎通ができるようになった彼女と、何度となくビデオ通話をすることがあり、そのときに話していることにいちいちびっくりするのだ。まだ会話らしい会話ができなかった頃の話を、昨日のことのように切り出してくる。髪の毛を初めて切りに行ったのに怖くて泣いてしまったこと、山に遊びに行ったら虫がたくさんいて嫌だったこと、ばあばの家でプールに入ったとき、なんで○○はおらんかったんかなあ……という疑問など、「そういえばそうだったね」というような、大人が忘れている些細な記憶も随分鮮明にあるようだった。ただ寝転がって、ほにゃほにゃ泣いていた赤ちゃん時代を恋しく思う気持ちもあったが、そんな風に会話ができるようになってからは本当に愉快に感じる。予想外の言葉や話題が飛び出して、いつも大笑いしてしまう。わたしは姪と通話したときのことを、いつも日記に事細かに書き残している。ビデオ通話で呼び出されるのは大体夜の八時前後で、それは姪がごはんやお風呂も済ませ、あとは寝るだけののんびりした時間である。画面に映る彼女はいつもパジャマ姿で、長い髪の毛も下ろしている。叔母はほとんど家にいるので、大体応答できる。

我が家ではその時間は夕飯時なので、テーブルにiPadを置いて食べながら会話する。笑えるのは、自分からかけてきておいて、いざ繋がると恥ずかしいのかお尻を向けてしばらく固まっているところだ。「あれ?」「おーい」と呼びかけて、世間話をふり、なんとか平常モードに持ち込む。ノってくると、おしゃべりになっていろんな質問で攻めてくる。「なに飲んでるん?」「それなに?」など、矢継ぎ早に聞いてくる。あるとき感動したのは、「(自分はいまお星様のパジャマを着ているが)まりちゃんは何のパジャマ?」と聞いてきたことだ。これまではあまり脈絡なく、「この絵本読んだ」とか「七五三だから髪を伸ばしてる」とか言うだけだったのに、質問をするようになっている。コミュニケーションのレベルが、ひとつ上がったのを感じた。

新幹線の距離なので、実際に会うのは一年に五回くらいだが、会うとつい甘やかしてしまう。ビデオ通話のときのように、会って最初は恥ずかしそうにくねくねしているが、少し時間が経てばべったりで、トイレも絵本もごはんもまりちゃんと、と甘えてくる。特にトイレの手伝いは難儀して、外出先ではいつも緊張する。自分自身が末っ子で、子どももいないので、いろんなことが探り探りであるが、小さな子どもと過ごしていると時間が一瞬で溶けることがわかった。ちなみにこの姪のほかにもあと二人、二歳と一歳の姪がいるので、暮れに集まったときはたいそう賑やかな家になった。特に食事の時間はばたばたで、食材をハサミで小さく切って食べさせたり、食べこぼしたものを拭いたり、ハイハイしている一歳を捕まえてお尻のにおいを嗅いで兄にバトンタッチしたり、子どもの倍以上の数の大人がいるのに、誰も腰を落ち着けることができなかった。子どものなかでは年長である三歳の姪は、おなかいっぱいでもう食べられないのに、あと少し残った味噌汁を飲むか飲まないかで一時間揉めて号泣していた。寝る前に抱っこしてトントン背中を叩いていると、すごい勢いで姪の身体がぽかぽか温まってくる。眠そうにしている顔は、赤ちゃんの頃のままだった。

姪は最近話したいことがありすぎるのか、息継ぎさえ忘れるほどずっと喋っている。大体は、今日何をして遊んだとか、妹が絵本を齧《かじ》って困るとか、地域の支援センターで風邪をもらってきたとか、そういう話であるが、先日突然「まりちゃんってコーヒー飲めるん？」と聞いてきた。「飲めるよ、好きよ」と答えると、「コーラは？」と言う。「それも飲めるよ」と返し、なんの話だろうと思っていたら、「まりちゃんと今度マックに行きたいんやけど」ということだった。マクドナルドのチラシを持ってきて、コーヒーやコーラ（と思しきソフトドリンク）を指さして「マックにあるけんさ……」と呟く。「もちろんいいよ、行こうね」と返事をしたが、その誘い方に笑ってしまったのと同時に、コミュニケーションがさらにレベルアップしていることに何より驚いた。夫にそのことを話すと、「タイ料理屋に誘う導入で、『パクチー好き？』って聞くみたいな感じだね」と、やはり笑っていた。相手の好みをリサーチしながら誘う仕草がなんとも大人みたいで、うれしいような寂しいような不思議な心持ちになった。

近いうちに引っ越しする予定で、この春から幼稚園に通う話もしてくれた。この前幼稚園を見に行って、園長先生に自分の名前も言えたのだそう。ずっと家で育ってきたから、春からがらりと生活が変わることだろう。同い年の友だちがたくさんできて、毎日いろんなことが起きて、離れて住む叔母の存在は小さくなっていくと思う。親のいないところでさまざまな経験を積み、社会を学んで、彼女の世界は広がってゆくはずだ。いままで彼女のなかで生きていた些細な記憶も、どこかへ押しやられていくかもしれない。だから、ちっちゃかった姪のかわいい思い出は、わたしがずっと覚えていることにする。でもいつか二人で、マックでお茶をする約束を覚えていてくれたら、とてもうれしい。

退屈とコーラ

寒さにめっぽう弱い。寒いというだけで、すべてのやる気は削《そ》がれ、鬱々とした気持ちになり、パフォーマンスは落ちる。毎年冬は出不精になり、雪解けを待つ動物のように、家にこもってじっと耐えている。今年は特に、仕事も在宅になったのでほとんど外出せずに過ごした。しかしこの間、四月上旬くらいのあたたかい日が突然訪れた。最高気温が二十二度くらいの陽気で、春のプレリリースのような日だった。ヒートテックも貼るカイロも不要の身軽さを、久々に味わった。そこでわたしは、近所で野暮用を済ませた後、缶ビールを一本買って、真昼間の公園でのんびりと飲んでぼーっと過ごした。平日の午後一時の公園にはほとんど人がおらず、おじいさんがひとり、体操しているだけだった。この仕事をはじめてから随分経つとはいえ、こんな時間にお酒を飲んでいるのはどこか、サボりのような風情があった。あたたかな陽射しにまどろみながら、ぬるいビールを飲み干したとき、ふと懐かしい感覚になった。

＊

中学一年生の頃、学校の成績が一気に落ちた。小学生の頃は勉強が好きで楽しくて、テストの点も高く、やればやるだけ結果が出ることがうれしかった。しかし、中学の勉強は一気に難しくなり、授業についていけなくなった。真面目に授業を聞いて、課題をこなしても、理解できないまま先に進んでいく。当然テストの点もぼろぼろで、それまで自分は頭がいいほうだと思っていただけに、プライドがごりごりと傷ついた。

授業と部活と習っているピアノ。その三つをいったりきたりしているだけの生活で、わくわくすることなんてほとんどなかった。わからない勉強と、精神的にも肉体的にも疲れる部活と、練習が追いつかないピアノ。土日には同じショッピングセンターに皆が集う。退屈そのものだった。代わり映えのなく、刺激の少ない日常を過ごすなかで、唯一読書だけが、自分の心を彩った。夕食後に自室で本を読んでいる静かな時間が、一番の癒やしであった。

その頃、綿矢りささんの『インストール』という小説が出版され、大きな話題となった。そのときの情報源といえばテレビが主流だったので、何かの番組で知ったのだと思う。十七歳という、自分とさほど変わらない年齢の作家が書いた本に興味が湧いたし、あらすじを聞いただけですぐ読みたくてたまらなくなった。早速休みの日に街の本屋で単行本を買い、夢中で読んだ。寝る時間も惜しみ、二日足らずで読み切ってしまった。

話の大筋はこうだ。平凡な毎日に退屈していた女子高生の朝子が、ある日部屋のものをすべて捨てようと運び出す。そのとき、同じマンションの小学生かずよしと出会い、朝子は祖父からもらったパソコンを彼に譲る。かずよしは壊れていたパソコンを修理して、インターネットが使えるようにした。やがて登校拒否となり、親に内緒で家にいるようになった朝子に、かずよしは風俗のチャットレディのアルバイトを持ち掛ける……。

まだ自分の携帯電話も持っておらず、家族の共用のパソコンをたまにいじるくらいだったわたしには、そのスリリングな設定が深く刺さった。親を出し抜いて学校を拒否し、俗なアルバイトを始めるストーリーが、怠惰な雰囲気に包まれながらも、このうえなくパンクであった。自分にはないものをすべて持っているように思えて、わたしは朝子に憧れた。

毎日退屈していたわたしは、「よし、サボろう」と決意した。その日までわたしは、何かをサボったことがほぼなかった。ピアノの練習を怠けて、レッスンまでに間に合わなかったことや、学校の掃除当番をいい加減に済ませたことはある。しかし、何かを投げ出すような度胸は持ち合わせていなかった。本来、サボるというのは突発的な感情に伴う行動だと思う。朝起きてなんだかだるいからサボるとか、部活の練習が嫌だからサボるとか、そういうものだろう。しかし、だからこそわたしは、何日も前から計画して、心の準備をして、サボることを実行するに至った。

その当時、剣道部に入っていた。仲の良い友だちと体験入部に行って、そのまま始めた部活だった。しかし、未経験で運動のセンスがないわたしにはどうも難しく、部活が楽しいと思う日などほとんどなかった。サボる度胸も辞める度胸もなかったが、行きたくないのが本心だった。だからこそこの機会は逃せない。朝は普通に登校して、四時間目くらいに具合が悪いふりをして保健室に行って、そのまま早退して部活も休もう、という算段だった。たった半日サボるだけでも、自分にはとてつもなく勇気のいることだった。その日は朝起きたときからドキドキして、授業もうわの空だった。三時間目の授業を終えたときに、仲の良い友だちに「ちょっと頭痛い」と言って保健室に行った。もちろん仮病なのだが、保健室の真っ白なベッドに横たわりながら「頭が痛いし気持ち悪い」と訴えた。やがて「しんどいので帰りたいです」と保健室の先生に申し出ると、同じクラスの友だちがわたしのカバンを持ってきてくれた。小学生の頃だったら、親に連絡されて迎えに来てもらっていたが、もう中学生で家も遠くないので、ひとりで帰ることになった。母も日中は仕事に行っており、家には犬しかいない。サボるには好都合な環境である。

授業中の静かな学校を後に、歩いて帰る。学校から家までは十五分くらいで、まっすぐ帰ってもお昼前だろう。だがわたしは、なんとしてもコーラを買って飲みたかった。『インストール』の作中で、朝子がかずよしの家でバイトしているときに、いつもコーラを飲んでいたのだ（後にそれがかずよしの母に朝子の存在を知られるきっかけとなる）。サボるなら、わたしもコーラを飲んで朝子の気分を味わいたい。当時、校則で買い食いは禁止されていて、学校に財布を持ってくること自体が禁止であった。でも、その日わたしは千円札を一枚、小さく折りたたんでカバンの内ポケットに忍ばせていた。学校から家まで、遊ぶようなところなんてない。あるのは田んぼと古い美容室と生協くらいだ。そんななかを制服姿でぶらついていたら、親切な大人が学校に通報してくれるはずだ。でも、なんだかまっすぐ帰るのはもったいなくて、回り道をして三十分くらいかけて歩いた。やっとのことで、自販機で缶のコーラを買う。誰かに見られたらどうしようとビクビクしながらボタンを押した。カバンに入れた冷たい缶の温度を感じながら、家に帰った。昼間の誰もいない家すらもなんだか新鮮で、変な感じがした。飼っていた犬は、この時間に突然わたしが帰ってきたことを不思議そうにしていた。

わたしは制服のままベッドに倒れ込んで、ふーっと息を吐いた。スカートにしわがつく、と思いながらも、しばらく寝転んでごろごろとしていた。膝より下の長いスカートと、指定のカバン、頭の下のほうでひとつに縛った髪の毛。絵に描いたような真面目な生徒が、今日初めて授業と部活をサボった。もし万が一誰かに見られていたとしても、まさかサボっているなんて思われないだろう。無事に帰ってきたことに安堵しながら、買ってきたコーラを飲んだ。コーラというのは、缶とペットボトルと瓶で微妙に味が違う気がする。『インストール』に出てきたのは缶だった。

ひとくち、ふたくちと飲み下していくうちに、深い眠気が襲ってきた。土日も部活で朝が早いから、わたしはいつも眠かった。そのまま一時間ほど眠り、目が覚めたときはコンタクトレンズがカピカピに乾いて最悪だった。目薬をさし、コーラを飲む。

ぬるくなって炭酸の抜けたコーラが、甘ったるく喉を焼く。飲みきってふと、この缶をどこかに捨ててこなければと気づいて、近所の自販機のゴミ箱に空き缶を捨てた。もし親にサボったことがバレたら面倒だった。缶さえ捨てられたら、わたしのサボりの痕跡などない。そうして、サボりは幕を閉じた。

次の日は普通に登校して、いつも通り授業を受けて、部活の練習に参加して、疲れ果てて帰ってきた。やがて、成績を上げるために塾に通い始めて、部活もほぼ休まなかった。ピアノもそれなりに練習した。あの幻のようなサボりを誰かに話したこともなく、とうとう大人になった。あの出来事で何かが変わったわけではなかったけれど、味わったことのないようなスリリングな一日だったのは確かだ。仮病で授業と部活をサボり、内緒で持ってきたお金で帰り道にコーラを買い、家でだらっと過ごしただけの日が、十三歳のわたしには誇らしかった。

自炊ときどき外食日記 1

四月三日

「互いにベージュ色の高価なレインコートに身を包んで出会いましょう、豆スープのようにどんよりした霧の夜に」という書き出しの小説を読んで震えた。かっこいい表現。最近は結婚式の打ち合わせで、毎月麻布十番に出向いている。あんまり歩いたことのない街なので、いつもどこかの喫茶店でお茶して帰るのだが、特に有名じゃないけれど渋くて素敵な店を見つけて静かに興奮した。メニュー表がスチールで、食器はシンプル、全体的に落ち着いていてセンスの光る内装が非常に好みだった。店主は恐らく七十代くらいの方で、夫がお店を褒めると「いえいえ……古いだけですよ」と謙遜されていた。

今日は一日雨だった。レインシューズを新調したいと思いつつ何年か経ってしまっている。夕飯はトマトパスタと、どんよりした豆スープ。少し前に無印良品で買ったぶんぶんチョッパーもどきが活躍して、もっと早く買えばよかったと思う。新玉ねぎをたくさん使って、甘くて美味しいスープになった。雨が降って湿度が高いときには豆がいいと聞いたことがあって、雨が降ると豆を求めるようになった。パスタにちぎって入れたバジルがいい風味。洗い物をした後の指もバジルくさくて、ずっと嗅いでいた。

四月五日

初めて行く歯医者さんで、「歯磨きが上手いッ！」と褒めてもらった。フロスも歯ブラシも丁寧にやっているので、褒められるとうれしい。院長にさらなる歯磨きの指導をしてもらい、研鑽《けんさん》を積むことを誓った。すべては、自分の歯で美味しく食べ続けるために……。最近のおやつは、もっぱら新じゃが。蒸かして粗塩を振って食べると、あっという間に何個でも食べられる。春は野菜が甘くて柔らかい。スナップえんどうや春キャベツも頻繁に買う。最近の朝食はずっと、パンとソーセージと蒸かした野菜がお決まりになっている。マヨネーズと粒マスタードの消費も早く、買い物リストに追加。食べ物で季節を感じる日々である。

四月九日

毎年三月から四月はとにかく体調が悪い。ひどい花粉症のせいもあるかもしれないが、朝晩と日中の寒暖差にも耐えきれずに毎週熱を出している。それに低気圧やＰＭＳが加わるともう、身体が使い物にならない。今日もしんどかったので、仕事帰りの夫に「帰りにスーパーでお惣菜見てきてくれない?」とお願いしたら、スーパーの惣菜売り場から電話で実況してくれた。夜の二十時前後は値引きシールを貼り出す時間帯で、人が増えてざわざわしている様子を「色めき立ってきたよ……」と表現していた。天ぷらを買ってきてくれたので、うどんを茹でて食べた。体調が悪くても食欲が失せることはない。葛根湯を飲み、湯たんぽを抱いて寝た。

四月十日

『記憶を食む』のチームで、打ち合わせとランチを兼ねてロイヤルホストへ。なんとわたし、人生初のロイヤルホスト。いまも昔も家の近くにないので、行く機会がなかったのだった。メニューを十五分くらい眺めて、悩みに悩んだ末にオムライスを注文した。玉子がとろとろで美味しい。ほかのみなさんが注文したカレーもドリアも美味しそうで、ねじれたレモンの輪切りがのっていることに威厳を感じた。しかし何より驚いたのは、空腹だったはずなのにオムライスを完食するのが難しかったことだ。満席のロイヤルホストで静かに加齢を感じる、切ない時間だった。

気温もあたたかく、天気が良かったので、解散後ひとりで散歩してビールを飲み、渋谷の映画館でカウリスマキの『枯れ葉』を観た。淡々とした映画が好きなので、カウリスマキの映画は結構観る。やはり好みの映画だったけれど、後半は尿意で集中できなかった。かなりの頻尿で映画を楽しめない。三時間超えの映画は無理だから観に行けない。十八時頃帰宅して、夜はミートソースパスタとトースト。市販の和えるだけのソースで作ったので、いつもよりパスタの量が足りず、じゃがいもを蒸かして食べた。食後に散歩して、近所の公園の犬の会議を眺め、もうだいぶ花粉が減ったことを実感する。

四月十五日

今年はホタルイカが豊漁だったようで、どこのスーパーでも安い。下処理がめんどくさいけれど、夕方のニュースを観ながらのんびり片付ける。この季節、大好きなのはホタルイカと菜の花のパスタ。にんにくとバターと醤油で味をつけて、レモンを少し絞って食べるのが好き。イカの旨味がよく出るのか、いくらでも食べられそうなほど美味しくできる。味も好きだけど、フライパンのなかでホタルイカと菜の花を炒めているときの色合いが良くて、思わず写真に撮ってインスタグラムにのせる。もとはといえば、料理上手な友だちが本に「ホタルイカをにんにく醤油で炒めて食べた」と書いていて真似したのだけど、その友だちから反応があってなんだかうれしかった。

四月十九日

友だちと四人でピクニックしに大宮へ。日中は暑いくらいかな?と思いながら出かけたが、めちゃくちゃ風が強くて日も当たらず、みんなで唇を紫にして震えながらごはんを食べた。お惣菜などを持ち寄って行ったが、ひとりがおにぎりを作ってきてくれて非常に盛り上がる。このメンバーで居酒屋で飲むときに締めでおにぎりを食べるのだが、いつも見事におにぎりの具の嗜好が分かれるので面白い。わたしは絶対に梅。コンビニでおにぎりを買うときも絶対梅。集合が昼過ぎで、遅めの昼ごはんだったので夕方になってもおなかが空かず、夜は喫茶店でお茶して帰った。大宮の伯爵邸というお店で、メニューが手広くて沖縄料理からウイグルの家庭料理までと、逆に選べないくらいいろいろある。外にいて身体が冷えたので、みんな熱いハーブティーを注文。市販のティーバッグではない、わりと本格的なハーブティーだった。

二十時頃帰宅して、夫とスーパーに行ってお惣菜を買おうとしたが、時間が遅かったのか収穫なし。家で今年初のそうめんを食べた。年々そうめんを解禁する時期が早まってきている。別に年中食べてもいいけれど、そうめんを食べることで夏になったのを認める感じがする。毎年二人で四束茹でて食べていたが、今日は食べきれず。お風呂に入った後に缶ビールを飲んで寝た。まだまだ夜は肌寒く、足をあたためるのに湯たんぽが必要。

四月二十三日

スーパーで買い物していて、なんだかみんなカゴにキャベツを入れている気がして野菜売り場を見に行ったら、最近高値で売られているキャベツが一玉百九十八円だった。迷わず買う。帰って早速コールスローを作った。酢・砂糖・塩と少しのオリーブオイルで和える。新玉ねぎも薄切りのピクルスにして、晩のカレーの付け合わせに。普段コンタクトレンズを入れているので玉ねぎを切るときも目に沁みなかったが、眼鏡で料理すると途端に目が痛い。裸眼や眼鏡の人はいつもこれに耐えているのだろうか？

カレーを作るとき、いつも味噌汁を作るときに使うような鍋だったがいつしか深めのフライパンへ変わり、とうとう土鍋へとサイズアップした。カレーのときは夫が三杯食べるので、作る量を多くしていくうちに土鍋になった。いつだったか、「なんで男の人って朝食バイキングでカレー食べるんだろうね」と友だちと話し合ったことがある。その場にいた友だちがみんな同意していた。我が家ではルーを一箱半使う。そういえば料理をするとき、レシピを調べて調味料の分量はよく見るのに、野菜や肉の量はいつも見ていない。めちゃくちゃ適当に作っているから最終的にとんでもない量になる、ということが少なくない。「足りない」が一番嫌だから多く作る、という食い意地の部分も大きい。しかしカレーときたら、包容力がある料理だ。何をどれだけ入れても様になる、精神的に楽な料理。シーフードカレーやチキンカレー、キーマカレーも作るけれど、結局は豚の角切りを入れた王道のカレーが好き。食べたら元気が出た。

五月一日

宅配便がきてチャイムで飛び起きる。朝起きる時間が決まっていないので、遅いときはとことん遅く、十時や十一時までぐうぐう寝ている。今日は鹿児島から取り寄せた醤油が届いた。実家で使っていた鹿児島の「母ゆずり」という醤油を、わたしもずっと使っている。九州の醤油は甘いので、大人になって「醤油が甘くない地域もあるらしい」と知ったときはたいそう驚いた。煮物や炒め物などはまだしも、お店で焼き魚やお刺身を食べるときに甘くない醤油で食べるのがいまでも苦痛で、ＭＹ醤油を持ち歩きたい気持ちと闘っている。九州出身者以外には甘い醤油はたいてい不評で、「それで刺身は無理」と何度言われたかわからない。九州の人とは「料理は甘ければ美味しいよね」と励まし合っている。東京生まれ東京育ちの夫は、甘い醤油を飛び道具として使用しており、ポテトサラダの味変に使うときは、やや複雑な気持ちで眺めている。

今日は昼にナポリタン、夜は牛丼のわんぱくな日だった。牛丼は家で作ったことがなかったけれど、義母から牛肉をいただいたので作ってみた。竹皮で包まれているお肉は自分で買ったことがないので、こんなに風情があるものなのか……と思う。牛丼のレシピは簡単なので美味しくできたが、お米をたくさん食べて食後は気絶寸前だった（夫はひっくり返って寝た）。わたしは腸が脆弱《ぜいじゃく》なので、好きなものを食べた後に腸を思って不安になる時間がある。食事にサラダや味噌汁は絶対つけているけれど、味が濃かったり食物繊維が少なかったりするとわたしの身体はすぐに文句を言う。もし生まれ変わるなら、強い腸とどこでも寝られる身体を手に入れたい。

五月十五日

夫が属している組合の近くに期間限定で出店しているカレー屋が美味しいらしく、今週で最後なので二人でランチ。豚と鶏のあいがけを注文した。酸っぱ辛くて汗が止まらない。自分では絶対作れない味で、心が満たされる。天気が良かったので、食後に一時間ほど歩いた。夕方にチェーンのカフェでコーヒーを飲んで休憩したが、疲れていたせいか飲みきれなかった。

五月十六日

昨日買ったスーパーのぶどうパンが美味しい。普段パンは食パンかクロワッサンばかりだけれど、ザラメ入りのぶどうパンは寝起きの脳にびびっと来る。八百屋で買ったミントを使ってレモンミントティーを淹れてがぶがぶ飲んだ。いつもコーヒーばかり飲んでいるけれど、ハーブティーは罪悪感なく飲めるので精神的に良い。

今日は夕方からライブを観に下北沢へ。五年ほど前に行ったビーフンが絶品の中華屋にまた行きたくて、ここだと思って入ったけど全然違う店だった。席に着いてから違う店ということに気づいたので、まあいいかと五目焼きそばと生ビールを注文する。店員さん達のおしゃべりが聞こえてきて、「子どもが高校生になる」とかそんな話を聞きながら食べられてうれしかった。

五月二十七日

最近は自分宛てのＬＩＮＥのトークルームに、一週間分の献立を書いている。大雑把でいいから計画をたてておいて、それを見ながら買い物するのがやりやすいと気づいた。肉と魚のバランスをとるほか、一週間に二回くらいは楽なメニューを入れることにしている。楽なメニューというのは大体、冷凍餃子かチャーハンか麺類。数えてみたら今週は楽な献立が四回あった。たまに「毎日自炊してえらい」と言ってもらうことがあるけれど、うちは朝昼兼・夕の一日二食だから続けられる、という面はある。一日三食作るとなれば、話は別だと思う。あと、そんなに難しい料理は作らない。簡単で栄養があって季節のものを食べられたらそれで良い。

五月二十八日

夫が仕事関係の方から高級肉まんをいただいたので、急遽それを夕飯のメインに。切り干し大根とほうれん草のナムルと春雨スープ、餃子で夕飯。肉まんはほっぺたが落ちる美味しさ。頂点にはドライフルーツがのっていて、かわいかった。普段の夕飯は基本的に和食が多く、たまに中華、パスタという感じだけど、肉まんがメインという思い切った献立もいいものだなと気づく。わりといろんなメニューを作ってきたつもりだったけれど、きっとまだまだ冒険が足りない。

五月三十一日

バームクーヘンで有名な治一郎だが、ロールケーキがとても美味しい。結構大きめなので二人で食べ切るのは大変だけど、卵の素朴な甘さと生クリームの調和が素晴らしく、我が家のベストヒット商品になった。フルーツタルトやチョコレートケーキも好きだけど、結局生クリームが一番好き。

手羽元と茹で玉子をカンタン酢で煮て、ひじきの煮物と小松菜を茹でたもの、キャベツときのこの味噌汁と食べた。夫は小松菜に醤油をかけずにそのまま食べていて、なんとなくそれに従う。あと、わたしは味噌汁が特別好きではないが、夫が好きなのと何より身体に良いのでほぼ毎日作っている。きのこが入ると美味しい。旨味、と思いながら飲む。だんだん暑くなってきたので、味噌汁を翌日に持ち越せない。

六月四日

婦人科で引っかかっていた子宮頸がんの再検査の結果を聞きに行った。この一ヶ月ほど不安しかなく、一人でぼーっとしているとそのことについて考えて暗くなっていたが、大丈夫だった。初めて入った豊洲のららぽーとで、無性にソフトクリームが食べたくなり、だだっ広いフロアをウロウロ探してやっとありついた。抱えていた心配事がなくなり、上機嫌でソフトクリームを舐めていたら小さな子どもと目が合う。その瞬間、「あっ！　ソフトクリーム！　食べたい！　ママ！　買って買って買ってー‼」と大騒ぎし始めたので、ばつが悪くなり早歩きで舐めながら逃げた。

六月十六日

連日の買い物による外出でへとへとになる。暑さで体力も削られている。こんなとき、夕飯は外食や出来合いのもので済ませたいが、疲れているとそういうものを食べる気になれない。どうにか気力を振り絞り、生姜焼きを作って食べる。「もう限界だあ」と思いながらもキャベツを千切りした自分を褒めたい。

六月十九日

子どもの頃あんまり好きではなかったが、夫が食べたいと言っていたので皿うどんを作った。豚肉、キャベツ、人参、椎茸、かまぼこ。パッケージには確かに「皿うどん」と書いてあるのだが、うちではずっと「かたやきそば」と呼んでいた。味は嫌いじゃないけれど、ごはんというよりお菓子みたい、とずっと思っている。付け合わせは餃子。夫が途中で皿うどんに酢を入れて食べていたので、試してみてなるほど！と感心した。酢を入れて食べたらかなり好みの味だったのだ。確かに油そばにも酢を入れて食べたりするし、酢は万能な調味料なんだな……と今さら気づいた。

六月二十一日

結婚式前なので、以前よりさらに野菜中心の食生活。毎朝大盛りのサラダと豆腐を食べている。大好きな男梅シリーズのお菓子も、むくみ対策のために我慢。そして毎晩夫婦でランニングしている。準備に追われてとにかく疲れているので、毎晩寝る前にヤクルト1000も飲んでいる。ダイエットしているのに砂糖のかたまりを飲んでしまっているという矛盾もあるが、疲れて頭が働かず。

母とLINEしていて、痩せるために頑張ってると報告したら「もう少し肉をつけたほうがいい」と返ってきて混乱した。純粋にそう思うのか、何か別の意図や含みがあって言っているのか……。実家にいた頃は肉がついていたので、その印象も強いのかもしれない。お風呂上がりにリンパマッサージを念入りにやっているが、少しサボるとすぐに痛くなる。「詰まっているから痛い」と聞いたことがあり、痛いところは強めに揉んだり流したりしている。

ii

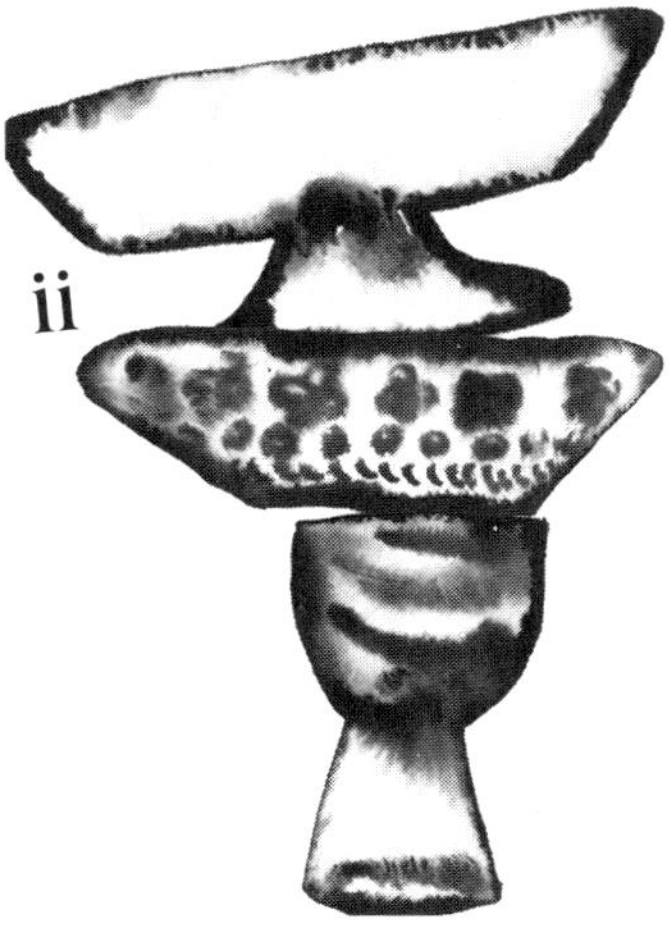

祖母と梅、メロンに焼肉、初夏の風

寝るときに暑いと、ものすごい悪夢をみる。それはもう絶対に。秋から冬にかけては寝るのに気持ち良い季節で、布団でとろとろしていると気づけば朝、熟睡待ったなしだった。しかし春は難しい。朝晩は微妙に肌寒く、風邪を引いたらいけないと厚着して寝ると、夜中にうなされて起きる。湯たんぽや毛布を蹴っ飛ばして、汗をかいて悪夢をみている。少しでも油断すればすぐに体調を崩す、それが春だ。しかし、うなされて起きた早朝にふと、キッチンを照らす朝焼けを見たとき、あまりにも美しくて驚く。それも春だ。天国やあの世があるとしたら、こんな明るさなのかもしれないといつも思う。自分だけが生きているみたいな静かな朝だった。

*

日中汗ばむくらいの気温が、夕方になっても明るいいままの時間が、子どもの頃からずっと好きだ。夏に向かっていく季節の、緑の美しくて濃い世界が、何度迎えても新鮮に美しいと思う。よく、秋はセンチメンタルな季節だと聞くが、自分の場合のそれは初夏だった。前に住んでいたアパートの二階は、四月の後半になると大家さんの庭のジャスミンの花から芳しい香りが漂っていた。わたしはよく、夜にベランダに出て、その香りを嗅ぎながらお酒を飲んでいた。あのとき胸に去来した狂おしい気持ちは、「うれしい」だったのか「切ない」だったのか、いまでも結局わからないままだ。

毎年暑くなると、鹿児島に住んでいた母方の祖母が、自分で漬けた梅干しを送ってくれた。わたしは子どもの頃から梅干しが大好きだったが、カリカリ梅やはちみつ梅などの加工されたおやつのような梅干しが好きなだけで、祖母が漬けた紫蘇と塩だけの梅干しは、とんでもなく酸っぱくて好きではなかった。毎年たくさんの梅を漬けて、干して、遠くに住む娘のところに送っていた祖母を思うと、その梅干しは好きじゃないんだよなあとは言いづらかったが、その梅干しを入れたおにぎりが、いまでも食べたくなる。

祖母のことが結構好きだった。鹿児島のきつい薩摩弁でのんびり喋り、メスの柴犬を飼い、いつもアッパッパを着ていた。アッパッパというのは、主に女性が夏に着る、綿で作った適当なワンピースのことだ。記憶の限りでは、母もわたしも夏はアッパッパを着ていた。祖母が縫って送ってくれたものだった。仕事から帰ってきた母が、窮屈なデニムとガードルを脱いでアッパッパに着替えたとき、「ふう、生き返った」と言っていたことを思い出す。アッパッパを着たわたしたちは、『バーバパパ』の親子のようであった。

母方の祖父は随分早くに亡くなっていて、祖母は未亡人として生きた期間が長かった。洋裁の腕が良かったので、自宅の横に作業場を作って、おばあさんの仲間と一緒に服を作って暮らしていた。その作業場に遊びに行くと、日焼けしたおばあさんがたくさんいて、梅干しみたいだなと思っていた。いつも黒飴をくれたが、そんなに好きではなかった。食べないでいたら夏の暑さで溶けてしまっていた。

祖母の家の玄関には、小さな靴がたくさんあった。二十一センチと、かなり小さな足の祖母を、子どもの頃は笑っていたが、まさか自分もそのサイズで成長が止まるとは思っていなかった。


孫の自分から見れば、ずっとのんびりした適当な性格である祖母だったが、それは元々の気質でなく、夫を亡くしてから急に性格が変わり、自由を謳歌し始めたのだと母と伯母は語っていた。「お母ちゃんってあんな人やったんやな」と言い合う二人を見て、子どもながらに「そんなことある?」と思っていた。

かわいがってもらった記憶は確かにあるけれど、それが過剰ではなかったから接しやすかったのかもしれない。祖母のカラッとした性格に結構救われていたのだと思う。まだ携帯電話も普及していなかった時代に、祖母と母はよく長電話していた。そして最後はわたしの声が聞きたいからと、母と電話を代わった。「元気にしとるんね、お母さんの言うこと聞きなさいよ、人を殺したりしたらいけないからね〜」と言っていた。当時はふんふんと聞いていたが、歳を重ねれば重ねるほど、ふざけたおばあさんだなと思う。でもわたしはいまも、祖母の言いつけの通り人を殺していない。

そんな変わり者の祖母だったが、二年前の初夏にとうとう息を引き取った。訃報を聞いて急いで飛行機をとって鹿児島に帰り、鹿児島空港のあまりの小ささになんだか懐かしくて泣きたくなった。空港にいる人たちの喋る言葉が、外国語のように聞こえたが、全部薩摩弁だった。抑揚が激しく、聞き取るのが難しいのだ。日本なんて小さい国なのに、こんなにも違うことを忘れかけていた。祖母は数年ほど病気で寝たきりの生活を送っていて、体調を崩したことがきっかけで亡くなってしまった。しかし、そのとき八十八歳とまあまあ大往生ではあったたし、亡くなったことがすごく悲しい、という雰囲気でもなかった。棺のなかで目を閉じて横たわっている祖母に、こんなに小さかったのかとハッとした。

葬儀で、お坊さんが「みなさん、故人のことを思い浮かべてください」と言ったとき、わたしは吹き出しそうだった。銭湯へ行って他人の服と靴を身につけて帰って来たこと、バス停でナンパしてきた知らないおじいさんとその足でカラオケに行ったこと、朝食でわたしの皿にあったメロンを奪ってきたこと……。それなりにあたたかい思い出もあったはずなのに、祖母の奇天烈なエピソードが、肩を並べてわたしの記憶に迫ってきた。生きていたらもう少し我々を楽しませてくれたんじゃないかと思うほど、彼女は面白い人だった。本能のままに生きる、野生の動物みたいな生き様の祖母。あんまり干渉してこない、適当な対応と距離感が心地良かった。そういう人が好きなのは、いまも変わらない。

祖母を火葬した後、親戚みんなで焼肉を食べに行った。葬式の後の焼肉なんて他人に話すとぎょっとされるが、祖母は焼肉が大好きだったので、これが一番の供養になると考えたのだった。そういえば生前、一緒に焼肉に行ったときも、孫たちに取り分けるわけでもなく、必死に食べてたな……と思い出し、また笑いそうになる。みんなでたらふく焼肉を食べて帰るときに靴を履いていると、従姉妹の子どもがわたしのスニーカーが小さいことに気づいて笑っていた。小六の子どもより足の小さい大人が面白いのは、確かにわかる。店を出てから駐車場で靴紐を結び直しているとき、五月の心地良い風が吹いていていた。

苺の効力

わけあって自分の子どもの頃の写真を見ていたら、フグのようにプクプクとしていた。針でぷすっと刺したら萎《しぼ》んでしまいそうなくらい、肉付きの良い子どもがそこには写っていた。そして何より、どの写真もすごく楽しそうで、天真爛漫であった様子がありありと伝わってきた。天真爛漫といえば聞こえが良いが、わたしは良くも悪くも素直な性格であった。散歩をすれば道に咲いている花に「寒いね！」と話しかけ、グラマーな女性を見たときには「大きいおっぱいだね！」と言っちゃっていたらしい。昔は自分のそういう話を聞いて普通に笑っていたけれど、三十歳も過ぎると当時の親の気持ちになって胃がキリキリしてくる。

＊

わたしが三歳くらいのとき、母が少し目を離したすきにいなくなったそうだ。どこに行ったのかと辺りを見渡すと、おばさんが大きな犬にソフトクリームをあげている横で、わたしが口をあ〜んと大きく開けて順番待ちをしていたらしい。ソフトクリームはわたしの大好物であった。慌てて母がわたしを回収しに行くと、「ごめんね〜！これワンちゃんに舐めさせちゃったけん、あげられんのよ……」と逆に謝られたそうで、それはもう恥ずかしかったという。もちろん記憶なんてないけれど、自分でも「やりそうだな……」と思うエピソードだった。赤ちゃんの頃、スーパーのカートに入れていた会計前のヨーグルトの蓋を指で破ってベロベロ舐めていたこともあったし、かなり食い意地が張った子どもだった。食いしん坊なうえに行動的でもあったので、とにかく目が離せない。あるとき、こういう話をひとしきりした後、母は「あんたっていつもそう。気持ちのままに生きてる」と言い放った。

夫と結婚する前のある日、のんびりしようと二人で羽田空港に赴いた。近くの喫茶店でランチして、昼過ぎに羽田空港の展望デッキで飛行機の往来を眺めた。よく晴れた秋の日だったので気持ち良く、おしゃべりしながらまったりと過ごしていた。だが、見ないふりをしていた不調が、いよいよ差し迫ってきてもいた。吐きそうなのだ。喫茶店でオムライスを食べていたときから、なんとなく胃の容量が普段より小さいと感じていた。珍しく完食できず、彼に残りを食べてもらっていた。しかし、次第に「なんだか調子が悪い」から「かなり吐きそう」という感覚に変わっており、わたしはトイレに行って全部戻してしまった。若干潔癖症のわたしだが、空港のトイレが綺麗だったので安心して吐けた。水を買ってきてもらい、飲みながらベンチで休んでいるとだいぶ回復した。季節の変わり目で風邪を引いたのかもしれない。経験上、気持ち悪いときは吐ききってしまえば大丈夫になる。休憩後はまたお土産屋を見たり、「ずんだシェイク」を飲んだり、羽田空港をエンジョイした。

その日はそのまま彼の家に泊まる予定だったので、一緒に電車に乗った。だが、夕方のやや混んでいる車内で、また気持ち悪さがぶり返すのを感じてきた。人の多さもあいまって、どんどん顔が青ざめてくる。彼は「駅のトイレに行けば」と言うが、駅のトイレで吐ける自信がない。

吐き気に耐えながら、乗り換えるために降りた品川駅の構内で、少し人混みができているのに気づいた。ハッと顔を上げると「京都物産展」が開催されている。わたしは彼に「ちょっと待ってて……」と言いながらよろよろと物産展の列に並び、生八ツ橋をふたつ買った。なんとか家までたどり着き、その瞬間にトイレで吐いた。三十分くらい苦しみ、ようやく吐き気が落ち着いてぼんやりしていると、彼が「こんなに体調悪いのに生八ツ橋買って、すごいじゃん。しかもプレーンと抹茶一個ずつ買ってんだね」と笑っていた。「吐き気でふらふらなのに、食べ物のことを考えられるなんてすごい！」と、褒めてるのか何なのかわからない言葉をかけられ、その後何年も生八ツ橋を見るたびにこのエピソードを掘り返される。しかし、生八ツ橋以上に忘れられない話がある。

これも結婚前の話だが、夫と喫茶店に行って、彼は苺のショートケーキ、わたしは小さいパフェを注文した。外食すれば大体違うものを頼んで一口ずつ交換するのが我々の定例だが、その日彼は自分のケーキのてっぺんにあった苺をまるっとくれた。「ええっ！　いいの!?」と聞くと「いいよいいよ」と言うので、じゃあ……と遠慮なく食べた。何気ない一コマだったが、わたしにはかなり衝撃的な出来事だった。わたしだったら、さすがに苺はあげられない。やりすぎだと思う。どんなに機嫌が良くても、仮に自分の子ども相手だったとしても、それだけは無理だ。苺のショートケーキでいえば、お尻のあたりのクリームたっぷりの部分すらあげられないかもしれない。苺をあげるなんて断腸の思いだろう。その日帰った後もずっと苺のことを考えて、「すごいなあ……」とひとりごちていた。

＊

それ以降、折に触れてこの苺のことを思い出した。一緒にいる時間が増えていけば、喧嘩をしたり、それなりにイラッとしたりすることもあったけれど、「でもケーキの上の苺をくれたんだ……」と思うと、怒りがスーッと引いた。彼にとってはたかだか数百円のショートケーキの苺が、その後何年も力を放ち続けていたのだ。おしゃれなレストランで出版祝いをしてくれたことや、アクセサリーや花束をくれたこともあったが、わたしのなかで際立って印象が強かったのはショートケーキの苺であった。毎年二月頃になるとスーパーや八百屋の店先で甘い香りを漂わせる苺、つやつやと光る美しい粒。子どもの頃、父方の祖父母がよく送ってくれた福岡のあまおう。白桃やマスカット、柿も大好きだが、苺は物心ついたときから大好きなフルーツだった。以前夫と好きなフルーツを発表し合ったときも、お互い上位にランクインしていたはずだった。

好物をくれるなんていい奴だな……と思いながら結婚して何年か経ち、ある日「そういえばあのとき苺くれたよね～」と話題を振った。夫もそれなりに記憶力がいいので、「ああ、あの店でお茶したとき?」とよく覚えていた。するとやや間をおいて言いにくそうに、「苺は……だって、見てたから」と言った。わたしはあのとき、自分のパフェを食べながら、夫の苺を欲しそうに凝視していたのだそうだ。わたしはまったくそんなつもりなどなかった。もしそうだったら覚えているはずなので、完全に無意識で凝視していたに違いない。えっそうだったんだ……とショックを受けた後、「そんなの、けだものじゃねえか」と二人で大笑いした。

幻とコンソメスープ

近所にある古ぼけた喫茶店は、朝八時頃にオープンして正午には店じまいしている。歩いて三分もかからない場所にあるのに、その営業時間の短さのせいでまだ一度も行けていない。朝起きるのが遅めだから……というのは言い訳で、近場の喫茶店に行くくらいなんてことはないはずなのに、なんとなく行けないままでいる。小さなお店でネットにもほぼ情報はなく、高齢の男性がひとりでやっていること以外は何ひとつわからない。なかもよく見えないので、いつもお客さんは入っているのか、メニューに何があるかもわからない。おそらく、コーヒーと紅茶くらいしかないいんじゃないかと勝手に思っている。通りかかるたびに「行かなくちゃ」と思うが、結局何年も行っていない。外装やお店の佇まいが好みなこと以外は行く決め手がなくて、それでも「行かなくちゃ」と気になっているのは、より多くの喫茶店に行っておきたいという思いがあるからだ。

＊

いわゆるカフェも好きで、チェーン店も好きで、それでも個人経営の喫茶店に自然と足が向くのは、自分が長い間喫茶店で働いていたからだろうか？　コーヒーを淹れる香りや建築や内装、そしてそこで流れる時間や空気。働いている人やお客さんの表情。「一服しに来る」という日常の余白を楽しむ人たちの放つ雰囲気が、わたしはただただ好きなのだった。ただ、コレクション的にいろんな喫茶店に行っていると、好きなお店もあれば、そうでないお店も当然たくさんある。注文したサンドイッチのパンが腐っていて酸っぱかったり、水気の多いナポリタンが出てきたり、お店のおばちゃんの身の上話を一時間半も聞かされたこともあった。でも、そういう「ハズレ」は、思い返すたびに笑ってしまうので、行ったこと自体は後悔していない。

旅行で関東のある動物園に行った帰り、近くの喫茶店に向かった。旅行先ではグーグルマップで「喫茶店」と検索して、ヒットしたなかから好みのお店を選んで行くのが通例である。喫茶店でいえばわたしは、ほど良く古くて、観葉植物が置いてあって、食器がかわいいところが好きだ。もっとわがままを言えば、アイスウィンナーコーヒーがあって、ホイップクリームは出来合いのではなくてお店で立てたもの、手作りのケーキが四種類くらいあると尚良い。そして看板犬や猫がいたら……。しかし、自分が想像する良い喫茶店とかけ離れていても好きになることだって多い。例えば、店内の壁が掛け時計でびっしり埋まっているけれど妙に落ち着くお店や、タバコの煙で服がくさくなるけれど窓から差し込む光が綺麗なお店……とらえきれない表情を、人は「味」と呼ぶのではないだろうか。

話が脱線したが、その喫茶店は外装が植物まみれで、なかなか古そうなうえ、ただの喫茶店にしては珍しいほど漫画が置いてあった。三千冊以上は優にあるように見え、この漫画を読み切るには何年通えばいいんだろうなあと思案したほどだ。席はテーブルが五つとカウンターが三席の小さな作りで、わたしと夫は暖炉の近くの席に座った。十一月でなかなか肌寒く、ぱちぱちと燃える暖炉があるというだけで、胸が高鳴るほどうれしかった。小腹が空いていたのでピザトーストを注文して、食べる。コンソメスープもついていて、冷えた身体にはありがたかった。照明も落ち着くオレンジ色で、常連さんと仲よさそうに話すマスターも優しそうで、いいお店だなと思った。まったりしながらこの後の予定を相談して、お手洗いを借りたいと申し出るとかなり奥まったところを案内された。外から見るぶんにはよくわからなかったが、横に広い作りの建物らしい。古い家を増築して繋げたようで、客席から随分歩いたところにお手洗いがあった。そこにつくまで、温室のような植物がたくさん並んだ部屋も見かけたし、なんと卓球場もあった。ちょっと変わっているのが面白くて、夫に話すと彼もお手洗いを借りに立った。お会計のときに夫が「植物の部屋見て良いですか?」とマスターに聞くと、にこやかに「全然いいですよ」というので遠慮なく見せてもらう。すでに夕方だったので、電気がついていても少し暗かった。花や観葉植物や木がたくさん飾ってあって、少し臭いのは動物園が近いから糞を肥料にしてるのかね、なんて話していたらなんだか視線を感じた。

はっとして振り向くと、ケージのなかの猫と目が合った。一匹や二匹ではない。ひとつのケージに五匹くらい入っていて、それが何段か重ねてあったので、何十匹という猫が無言でわたしたちのことを見ていた。いくつもの黄色や緑の目が、暗い空間でぎらりと光っている。わたしは息が止まりそうになった。道で出会った猫はすべて撫でたいくらい猫好きな夫も、あまりの恐怖に直立していた。ついさっきまで動物園でたくさんの動物を見て、キリンに餌をあげたり、ゾウの放尿に感心したり、馬の頭を撫でて写真を撮ったりしていたけれど、ケージにぎっしり詰まった無言の猫を見ると血の気が引いた。かわいいと思う余地などまったくなかった。こんなに何十匹もいるのに、少しの鳴き声も漏らさないのがまた恐ろしくて、わたしたちは足早にお店を出た。マスターの顔はまともに見ることができず、自分たちの車に乗ってその店から離れたとき、生きて帰ってこられて本当に良かったと震えた。猫のことを知らないまま飲んだコンソメスープの味を思い出し、なんだか吐きそうになった。

あとからネットで調べてもこの喫茶店のことについては詳しくわからなかった。マスターの年齢や周辺の寂れた雰囲気から想像すると、次にその土地に行くことがあってもお店はないかもしれない。実際に、個人経営の喫茶店はどんどん閉店して、一度きりしか行けなかったことも多い。もう行けないと思うとあの温室と無数の猫は幻だったのか?という気もしてくるが、コンソメスープやピザトーストの写真は確かにスマートフォンに残っている。いっそ無邪気に「猫がいっぱいいるんですねー!」と聞けたら良かったが、そのレベルに至るにはまだまだ未熟なわたしたちだった。不気味で恐ろしくて、でももしかしたら、素敵なお店に行ったときよりずっと、このことを覚えているかもしれない。

先生となんこつ

夜、走っている。五月下旬は気候がちょうど良く、植物の瑞々しくて青いにおいも含めて気持ちいい。運動音痴でどんくさいわたしだが、走ることは苦手ではない。球技はセンスがゼロで戦力外だったが、走るのが意外と速いのは、遺伝と高校時代の走り込みが効いたのだと思っている。わたしの母校は普通の公立高校だが、スポーツに力を入れていた体育会系の学校でもあった。運動部の人口が圧倒的に多く、制服よりジャージ姿の生徒のほうが目立った。運動に関する行事が多く、体育祭はもちろん、水泳大会や球技大会、冬はマラソン大会もわざわざ校外で開催された。普段の体育の授業が始まる前は、山のなかゆえに勾配の激しい学校の外周を一キロほど走り、腹筋と腕立てと背筋をそれぞれ二十回ずつやってから授業を開始した。運動部の生徒からすればこんなの朝飯前で、雑談などしながら軽くこなしていたが、文化部で体力のないわたしにはつらい慣習であった。水泳や持久走の授業を休むと、「追泳」「追走」と称して放課後に繰り越して消化しなければならなかった。わたしは真面目ではなかったので、やや適当にこなしたことはあったけれど、それでも三年間もやっていればそれなりに走りが身につくものである。

＊

じっと机に向かっているのが苦手で、運動も好きではなくて、それでも卒業するまであの高校に通うことができたのは、そんなわたしを気にかけてくれる先生がいたからだと思う。技術の先生だった山川先生は、わたしの所属する軽音楽部の顧問でもあった。そして、顧問でありながら、生徒が組んでいるバンドのサポートドラムもこなしていた。家で練習できるギターやベースに比べて、ドラムは自主練のハードルが高いからか、軽音楽部はずっとドラム不足だった。山川先生はドラムとベースの腕が良く、先生が入るだけでバンドの迫力はぐっと増した。どことなく、甲本ヒロトに似た雰囲気の先生は、ひょうきんで生徒から人気もあった。わたしが高一の文化祭、憧れの先輩が組んでいたJUDY AND MARYのコピーバンドで素晴らしいシャッフルビートを叩いた山川先生に、翌日片付けをしながら称賛の声を送った。すると先生は、「昨日はステージであんなに声援を受けてドラム叩いたのに、その二時間後には家で風呂掃除してたんだよね」と笑った。

高校三年のとき、文化祭の実行委員になった。通例で、軽音楽部の部長は実行委員をやることになっていた。ダンス部の部長である親友のNと、学年の人気者であるYくんと三人でチームを結成する。実行委員長をYくん、副委員長をわたしとNが務め、奔走した。山川先生は長年の教師経験から文化祭についてたくさん助言をくれて、四人で会議をすることも多かった。夏休みも返上で集まり企画を練って準備して、文化祭の前日は日付が変わるまで学校で作業していた。Yくんの部活の顧問の先生が、夕飯に出前でカツ丼を頼んでくれたのがなんとも非日常で楽しかった。寝不足でふらふらになりながらも、文化祭は大成功をおさめ、しばらく興奮冷めやらぬ日々を過ごした。

そんなわたしたち三人の頑張りを見て、山川先生は「打ち上げをしよう」と声をかけてくれた。先生が夕飯をご馳走してくれるというので、休みの日の夜に四人で集まった。本当はあんまり良くないことだったかもしれないけれど、先生が連れて行ってくれたのは居酒屋だった。もちろんお酒は飲まない約束で、居酒屋ならいろいろなものが食べられていいんじゃないか、と決まったことだった。子どもだったので当然居酒屋に行くことなんてほとんどなかったから、わたしは心底うれしかった。ジョッキに入ったリンゴジュースやウーロン茶で乾杯しながら、焼き鳥やだし巻き玉子、枝豆などをたくさん注文する。「なんでも好きに頼んでいい」と言われたからってみんなで頼みすぎてしまったが、少し味の濃い食べ物が新鮮で美味しかった。文化祭の思い出はもちろん、学年で誰と誰が付き合っているとか、くだらない話もたくさんした。わたしはその日初めて、なんこつの唐揚げを頼んだ。当時、家でも外食でもなんこつを食べたことはなく、メニュー表に一言「珍味」と書かれていたので気になって注文した。添えられたレモンを少し絞って食べてみたらこりこりとして、クセもなかったので気に入った。いまでも好きなこの食べ物は、高校三年生で覚えた味だった。

*

卒業後、山川先生に会ったのは一度だけ、Yくんのお葬式のときだった。数年前の真夏のことで、突然の訃報にもかかわらず三百人ほどが集まっていたのを覚えている。彼が亡くなったことを知ったのも、新宿の居酒屋で飲んでいるときだった。数年ぶりの再会に、「こんなところで会いたくなかったな」と呟く先生の顔と、真夏の昼間の陽射しと、彼が好きだった音楽が爆音で流れているのが、悪い夢のようだった。彼が生きていたとしてもまた四人で居酒屋に行くことなんてなかっただろうし、元気かな、とたまに思い出すくらいだったかもしれない。だけどもう会えない、それだけが確かな事実としてその場にいた全員の前に横たわっていた。先生は「自分が受け持ってた生徒が死ぬのは初めてだ」とも言った。すごく暑い日だった。

どれだけ体育会系の学校にいても、わたしの頭のなかは音楽や本のことでいっぱいだった。覚えたてのベースでできた血豆や、バンドの練習で流した汗や、授業をサボって訪れた図書室のにおい。はみ出していた自分が楽しかったと思えた場所の、もう会えない人や会わない人のことをただただ思い出す。先生と同級生と、初めての居酒屋と。誰に話すわけでもなかったこの記憶が、歳を重ねる毎にまばゆくなってゆく。体育館で聴いた先生のドラムの音がどんなだったかも、ずっと忘れられないんだろうと思う。ステージでドラムを叩く先生の、居酒屋でジュース片手に笑う先生の、先生じゃないときの表情が素敵だった。そんなことを考えながら、わたしは今日も、走っている。

社食の日替わり

　自分の人生を振り返ったとき、総じて「運が良かった」と思うことが多い。例えば、交通事故に四回遭っているが死んでいないし、高校受験も大学受験も、滑り止めなしで一校だけ受験して合格できた。就職も、やりたいことがわからずに長い間ぐずぐずしていたが、なんとか一社受かり、新卒で入社した。その仕事は辞めてしまったが、いまは執筆の仕事をしている。いつもかなりぎりぎりの綱を渡りながら、自分も周りもヒヤヒヤしながらさまざまな岐路に立ち、なんとかなってきた人生だった。もちろんそれなりに努力だってしてきたけれど、それにしたって「運が良かったな」と胸をなで下ろすことが多かった。

そう、わたしにも会社員だった時期があった。新卒で女性用下着の会社に入社して、二年で辞めてしまったが、たった二年でも会社員として働いたことは良い経験だったと思う。週五日、毎朝起きて入念に化粧してヒールを履いて職場に行き、八時間かそれ以上働いて、くたくたになって帰ってきて……。基本的には接客だったので、理不尽なことや精神的にきついことも多く、肉体的な疲れもあいまってしんどい日々が続いた。休みの日は泥のように眠るだけで、仕事をするために生きているような生活だった。そんな風に過ごしていると、どうしても視野が狭くなってくる。仕事終わりに友だちと飲みに行ったり、たまには遊びに行ったりすることもあったけれど、疲れが常に重くのしかかり、楽しいことも楽しめない。朝、通勤の途中で買うカフェラテが美味しいとか、新宿駅でわざとぶつかってくるサラリーマンのシャツにわたしのリップがべったりついて「バーカ」と思ったとか、そんな小さなレベルの楽しみや笑いしかなかったように思う。

そんな時期、職場に同年代の女性がやってきた。職場のあるビルの同じフロアにはいくつかのブランドが店を構えていたので、自分の会社の人以外との関わりも深かった。Nさんというその人は他社の社員なのでライバル関係にあるのだが、とにかく明るくてよく笑い、ちょっと適当な人だった。仕事ができないわけではないが、地味に遅刻したり、友だちと朝帰りして寝ずに出勤してきたりとゆるいところが多々あり、真面目だった自分は「そういう人もいるんだ」と衝撃を受けた。でも、不思議と嫌な印象は受けなかった。職場に同年代が少なかったこともあってか、Nさんとわたしはすぐに打ち解けた。滝沢カレンによく似た彼女はギャルという感じの雰囲気で、華やかな印象の人であり、わたしとは違う。しかし、感じることや波長が似ているからか、とにかく話しやすかった。「昨日朝まで人狼やってたから眠すぎる～」とか言いながらふらふら出勤したり、LINEで「ちょっと遅刻するけど、裏で作業してたことにしといて!」と茶目っ気のこもったスタンプをつけてお願いしてきたり、「すっぴんで来ちゃったから試着室で眉毛描いてるわ」と言って消えていったり、なんだか学生みたいで笑えた。

それまでは職場でずっと緊張していたわたしだったが、Nさんが来てから初めて楽しいと思えた。特に、同じタイミングで社員食堂に行けると、黙る暇もないくらいおしゃべりに花が咲いた。わたしたちはいつも日替わり定食を注文する。定食といっても生姜焼きや唐揚げだけでなく、パスタや酸辣湯麵など、バラエティに富んでいる。それらを、ときに笑い過ぎて咽《む》せながら食べる。主に話すのは仕事のことやお客さんのことだったが、愚痴でさえ、Nさんと話せば笑い話になるのだった。体型に直結するものなので、下着の販売はデリケートな仕事でもある。それゆえ神経を使って接客することが多いのだが、どれだけ気を遣っていても相手の機嫌を損ねてしまうことはある。ある日、下着を探すために身体のサイズをメジャーで測って、ありのままの数字を伝えたことがあった。「バストが一〇二センチです」とお客さんに言うと、「一メートルもあるってこと？　そんなわけないだろ！」と怒って帰ってしまった。その後、Nさんにことの顚末《てんまつ》を話して「帰っちまいました……」と言った。彼女は一瞬「え」と真顔になった後、身体をよじらせて爆笑した。他人、それもお客さんを怒らせてしまったことに多少ショックを受けていたわたしだったが、Nさんが爆笑するのを見て、自分も噴き出してしまった。

Nさんの笑い声は、でかかった。口を大きく開けて、上半身をのけぞらせて大笑いする。Nさんが笑うと、社食で目立った。何事かとみんなこっちを見る。一緒にいるとやや恥ずかしいが、わたしはその姿を見るといつもうれしくなった。顔を合わせると取り留めのないことを話し、休憩時間が合えば社食でまた話し、覚えていないくらい些細なことでたくさん笑った。わたしが彼女に言われて一番うれしかったのは、「あんたと一緒にいると、笑いすぎて眉間にファンデが溜まるんだわ」という一言だった。実際に、いつも夕方頃になるとNさんの眉間には笑ったシワのせいでファンデーションが溜まっていた。その顔を見てまた爆笑した。

＊

早くに結婚していたNさんは、夫の転職を機に異動することになった。Nさんの異動はまさに寝耳に水で、話を聞いた瞬間「えっ」と固まってしまった。関東生まれのNさんだが、夫の地元の九州について行くという。そのときは自分の寂しさばかりが頭に浮かんだが、彼女はどんなにか心細かったことだろう。最終日、社食で一緒に食べるのも最後だねなんて話しながら、結局は話に夢中で何を食べたか覚えていない。変にしんみりするわけでもなく、いつも通りの話をして、休憩終わりにはトイレで並んで歯磨きしてリップを塗り直して、また仕事に戻った。定時になって帰るときにNさんが、ひょいと手紙をくれた。そういえばさっき、仕事中の彼女が作業台で何かを必死に書いていた光景を思い出す。「仕事中に書いてたでしょ」と笑いながら受け取り、帰ったら読みますと言ってカバンにしまった。わたしはNさんにハンカチをプレゼントし、彼女はわたしにお菓子を渡してくれて、最後に「元気でね」と別れた。

帰りに、通っていた飲み屋で手紙を開けた。お酒がビールと焼酎くらいしかない小さなその店は、なんだか落ち着くので仕事終わりに寄ることがあった。ビールを飲みながら手紙を読み進めていく。意外と達筆な字で走り書きされたその文章は、漢字の間違いや誤字が目立つものの、Nさんの明るい性格が飛び出してきそうだった。手紙には、わたしたちが社食でよく話していたくだらない愚痴や妄想や冗談がたくさん盛り込まれ、笑いを堪えるのが大変だった。ひとりでぼーっとお酒を飲みながら、明日からは社食も楽しくないなとため息をつく。ぼーっとしていたせいで、手紙の封筒に焼き鳥のタレをこぼしてしまった。シミの横には、ハートマークがついたわたしとNさんの苗字があった。

ほどなくしてわたしは仕事を辞めた。いまだったら耐えられたり、解決できたりしたようなこともたくさんあったかもしれないけれど、若い自分には限界がきてしまったのだ。何でもひとりで抱えがちで、誰にも相談できないまま、せっかく入った会社を辞めてしまった。つらい気持ちを抱えたまま辞めてしまって、そのあとは人生で一番落ち込んでいたから、会社員だったときのことについてはしばらく、思い出すのもきつかった。でも、楽しかった思い出も確かにあった。あのときNさんからもらった手紙を久しぶりに読んで、毎日たくさん笑わせてもらったことに感謝の気持ちが湧き出す。もう会うこともないと思うけれど、彼女が手紙に書いていた「楽しかった」という言葉にいまも救われている。

キッチンで缶ビール

いつか「寮母」という仕事をやってみたいと、夏が来るたびに思う。大量の料理を作って、大勢の学生や社員に食べてもらって、「ごちそうさまです!」なんて言われて、また明日の献立を考えて……という仕事を、いつかやってみたいと何年も前から密かに思っている。きっかけはなんだったか、甲子園のドキュメンタリーを観たからかもしれないし、SNSで寮母さんが運営するアカウントを見たからかもしれない。平均的な人数の家族では到底作らないようなたくさんの料理を用意して、おなかいっぱい食べてもらうことになぜか憧れがある。わたしは夫以外の誰かに料理を振る舞ったことが、ほぼない。振る舞えるほどの自信もないのだが、本当は作った料理を食べてもらいたいのかもしれない。毎晩寝る前に眺めるYouTubeも、「一日五百人が訪れるデカ盛り弁当屋」や「相撲部屋の料理動画」のようなものが多く、無意識のうちに食べ物や料理に関する動画ばかり選んで、そして深く癒やされていることに気づいた。

旅行先で温泉に入ったり、犬や猫を触ったり、食器を漂白したり、足裏をごりごりマッサージされたり……リラックスする、気持ちいい瞬間は多々あれど、一番のストレス発散はお酒を飲むこと、だと思う。冷えたビールさえ片手に持っていればわたしは機嫌が良く、居酒屋で一杯目を飲みながらメニュー表を眺めているときなんてもう、至福のときである。二十代の頃は毎週のように友だちや同僚と飲みに行って、その雰囲気が好きだと思っていたが、ひとりで飲むのもじゅうぶん楽しくて、「ただ飲むのが好き」ということに気づいた。ひとりで赤提灯の店で飲むことや、出先で少し時間があいたときにビアスタンドで一杯飲むこと、喫茶店でコーヒーではなくお酒を頼むこと……春の気持ち良い夜に、一駅ぶん歩きながら缶ビールを空けること。六月下旬のいまは、爽やかな飲み口のビールがたくさん売り場に並び始めて、その青や緑の缶の色を見るだけでなんだか、胸がきゅっとする。

＊

毎日キッチンに立ち、ゆっくり手を洗って料理にとりかかる。ラジオを聴くようになったのはここ数年のことで、仕事や家事をしながら、お気に入りの番組をローテーションしている。特に、料理とラジオの相性は抜群に良い。くだらない話であればあるほど良く、米を研いだり芋の皮を剝いたりしながら大笑いしている。少し前にラジオで聴いた話で、すごく印象に残ったものがある。子どもと夫と暮らす女性が、夕食の唐揚げを揚げるときは、一番美味しそうに揚がったものを先に三個くらい自分が食べることにしているらしい。そして夕食時、息子たちや夫の皿には唐揚げを大盛りにして、自分の皿には一個や二個だけのせる。すると、「ママ！　それだけじゃ可哀相だよ」と、みんなが唐揚げを分けてくれるのだという。ケーキも、一個余分に買ってきて、帰宅即食べるのだそうだ。わたしはその話を聞いて、いたく感動した。なんとたくましく、機知に富んだ行動なんだろうか。これは食いしん坊の話と見せかけて、自分が機嫌良くいられる選択肢を増やすという、他者へのケアにも繋がるような含蓄のある話だった。いつも勝手に頑張って疲れて不機嫌になる傾向のある自分は、深く反省したのだった。

家で仕事をしていると、仕事と休みの区切りがつきづらい。何曜日は休みとか、何時まで仕事、などと決めているわけではないので、曜日感覚も消失している。それゆえ予定がたてやすかったり、融通がきく部分はかなり大きいが、気持ちの切り替えが難しいというのもまた事実である。仕事場と住居が同じだと、この状態に陥りやすいのではないだろうか。自営業の夫婦二人の暮らしとは気楽なもので、何時に起きても寝ても自由で、ごはんもなんでも良いし、慌ただしさはまったくない。しかし、自由すぎてもかえって休まらないという、皮肉な現象が起きている。そんな生活スタイルで最近の癒やしとなるのは、料理しながらお酒を飲むことだ。

夏の夕方、明るいキッチンでラジオを流し、夕飯を作りながら缶ビールを開ける。これだ！と思う。プシュッという大好きな音が、仕事と休息の境目になる。茄子とトマトとししとうを洗い、枝豆を茹で、豚肉を小分けにして冷凍し、米を炊く。作った料理を少しずつつまみながら、ビールを飲み進める。いまはＳＮＳでも料理のレシピが無数に紹介されていて、参考に作ることもある。なかでも、「白ごはん．ｃｏｍ」が基本の調味料と材料で作れる親切なサイトなので、よく使わせてもらっている。数年前まではさほど興味のなかった料理だが、やり出すと楽しく、つい作りすぎる。冷蔵庫にあるもので作る、ということにもだんだん慣れてきて、メインのおかずを決めてからそれに合う副菜を考えることも、手数が増えたからか苦ではなくなってきた。わたしは過去、自分の本で「日記は筋トレ」と書いたことがあるが、料理も筋トレで、続けていると確実に育つ領域なのだと思う。

少し酔っ払ってきた頃に、料理が出来上がる。最初はたった三、四品作るだけでも三時間くらいかかっていたのが、近頃では一時間もあればフライパンの洗い物まで済む。お気に入りの番組を聴き終わるまでに作ると、達成感もひとしおである。ちょうどビールも一缶飲み終わり、いい気分でお皿に料理を盛り付けていく。窓を開けているると聞こえてくる、近所の家の子どもが親に怒られて泣く声や、隣の家の人が帰ってきたドアの音。じめっとした夏の夜の空気。昨日と同じ穏やかな一日が、ただ続いていくということも、幸せだなと思う。毎日、毎秒、自分を癒やしてくれるものが増えている。これからもう一缶飲もうかと考えながら窓から顔を出して、薄い月を眺めた。

炙ったホタルイカ

いわゆる名作と呼ばれる漫画を、あまり読んだことがない。『ドラゴンボール』や『SLAM DUNK』、『HUNTER×HUNTER』など、一度も読んでいないまま大人になった。『ONE PIECE』はぎりぎり、子どもの頃兄が持っていたから途中まで読んでいたけれど、二十巻くらいまでしか読んでおらず、いま出ているようなキャラクターがほぼわからない。人と雑談していると「何の漫画が好き？」という話になることがあるが、考えてみれば、わたしはそんなに漫画を読んでいないという事実に気づかされたのだ。子どもの頃は漫画が好きでよく読んでいたが、大人になって手元に残している漫画は極めて少ない。自分の本棚を確認すると、『ハチミツと『クローバー』『プリンセスメゾン』『動物のお医者さん』は揃っていた。これらは特に好きで何度も読み返している。あとは福満しげゆきさんの漫画や近藤聡乃さんの名作『A子さんの恋人』も大切にしていて、友だちに貸すことが多いせいで使用感はあるものの、一生大事にする漫画だという確信がある。

＊

いままで自分の本にまつわるイベントで話したり、インタビューを受けたりするなかで、「人生を変えた本」「影響を受けた本」について聞かれることが何度かあった。これだ！という一冊もあるし、そこまで決定的でなくとも、少しずつ自分の血となり肉となった本もたくさんある。思い悩むことがいっぱいでつらかったときに読んだ小説や、自分も何か書いてみようと思うきっかけになったエッセイ、刺激を受けた書き手仲間の本など、紹介しきれていないくらいたくさんの作品がわたしの輪郭を作ってきた。しかし、自分の人生で一番落ち込んでいたときに助けてくれたのは、実はある漫画だった。

会社を辞めた後、あてもなく旅行していた時期があった。東北や関西、九州など、行ってみたかった場所にひとりで向かい、ぼんやりと考え事をしていた。先のことが何も決まっていないまま辞めてしまったので、将来に対する不安も大きかった。運良く入社できたところを辞めてしまって、資格も何もないし、これからの人生、わたしには楽しいことなんてもう何もないかもしれないと、当時は結構本気で思っていた。いまになってみれば、まだ二十五歳なんだからどうにでもなるよ、と笑えるけれど、当時は切迫していて、どうしたらよいかわからない状態だった。半ば現実逃避で旅行していたが、ふとした瞬間に目の前が真っ暗になる。旅行先の美しい景色を見てもどこか心は翳《かげ》っていて、途方に暮れて涙が出る瞬間も多かった。

そんななか、新幹線で移動するときに暇だからと本屋で買ったのが、清野とおるさんの『その「おこだわり」、俺にもくれよ!』という漫画だった。作者は『東京都北区赤羽』で有名な人で、その作品は未読であったが、『おこだわり』のほうに先に興味が湧いて買ってみた。何がきっかけで読みたいと思ったか、どうしてそこに行き着いたかは覚えていないけれど、自身が発見した「おこだわり」を持った人たちを紹介するエッセイ漫画で、その異次元の面白さにぐいぐい引き込まれた。

「さけるチーズ」を細かくさいてブラシのようにふわふわにしてから食べる人、メロンの果肉をくり抜いて食べたあと、なかの空洞に日本酒を注いで飲む人、自宅の鍵を通勤路の植え込みに隠し、帰り道に鍵があるかどうかを賭けてスリルを味わう人など……とにかくくだらなくて、それでいて人間の愛おしさが濃縮されたようなエピソードばかりであった。わたしは北陸に向かう新幹線のなかで涙と笑いをこらえっぱなしで、現地で観光するつもりが、結局はホテルで漫画を読んで過ごした。それなりに笑った漫画はたくさんあったけれど、これほど自分の心に突き刺さる内容は初めてだった。長年エッセイ漫画を描いてきた作者のずば抜けた人間観察力がこの作品を盛り上げており、その精神は後年、わたしのエッセイにも影響を大きく与えた。

『おこだわり』がとんでもなく面白かったので、氏の代表作である『東京都北区赤羽』やグルメ漫画の『ゴハンスキー』もまとめて買って読んだ。赤羽に住んでいる珍妙な人たちの人間模様や、食べ飲みが好きな作者がゴハン愛を語る様子に夢中になって、読みあさった。東京に戻った後、実際に初めて赤羽に行って飲み屋を開拓したり、漫画で紹介されていた「百円ローソンのホタルイカをライターで炙り、食す」ということをやってみたりした。部屋中に漂う夏祭りのようなにおいと、炙って柔らかくなったホタルイカの身。それをつまみながらチューハイを飲んだときふと、「大丈夫なんだな」と思った。漫画も相当笑えたが、自分のいまのこの姿もなかなか滑稽で、「しょうもないことやってるなあ」と思って、憑きものが落ちたように心が軽くなったのだった。本でも何でも、感動する作品を読むことで前向きになったり、心機一転したりすることはよくあるけれど、笑える漫画を読むことでまた頑張ろうと思えると知ったのは、自分にとっては大発見であった。その後も清野作品を追い続け、大晦日に開催されたトークイベントにも足を運んだ。実は、夫と初めて会うことになったのも、わたしが『おこだわり』の単行本を貸すという口実のもとだった。この漫画がなかったら……と思うような人生の転機や縁を繋いだ、思い出の作品である。

部屋の片付けをしていて、この頃忙しくて整理できていなかった自分の本棚を久々に掃除した。本と漫画がぎゅうぎゅうと、八対二くらいの割合で収まっている。ほこりが溜まった小口を一冊ずつ拭きながら、初めて読んだときの心の動きをふと思い出す。誰かが生み出した作品に触れるのはまさに仕合わせで、自分にとって大切なものや必要なものを、知らず知らずのうちに引き寄せていることに気づいた。自分のお気に入りを誰かに勧めるとき、純粋な気持ちとは別に処方箋のように届けることもある。そういう引き出しをたくさん蓄えて、自分も周りも大丈夫にしていけたら良いと願っている。

自炊ときどき外食日記 2

七月二日

寝る前、〇時過ぎに小腹が空いて、冷凍のたこ焼きをチンして食べた。ダイエットしていたので、夜中のたこ焼きは泣けるほど美味しい。たこが小指の先くらいの大きさしかないけれど、それでもうれしい。うちは母が大阪の人なので、我が家にとって粉物は身近な存在であり、お昼ごはんにお好み焼きやたこ焼きを食べることも珍しくなかった。だからか、いまでも定期的に食べたくなる。カロリーの高いものを我慢していた反動で、アイスクリームも食べて寝る。今月は好きなものを好きなだけ食べる期間とする。

七月十日

何ヶ月か前に虫が混入していて騒ぎになった味噌も超熟の食パンも、気づけば普通に使っている。どちらも味が好きなので買い続ける予定。それにしても、常に大人が二人家にいると、麦茶とコーヒーの消費量が凄まじい。

夫の友だちと四人で夕飯。どこでもいいと言うので、鳥貴族をリクエストした。夫の中学時代の友だちは幼なじみのような存在で、みんなの子どもの頃の話をずっと聞いていた。東京の治安が良い地域の中学ってこんな感じなんだ、とゆるくショックを受ける。窓ガラスが割れたり、タイマンを張るとか張らないとかで騒ぐ人はいないんだ……と思うと羨ましい限りだった。鳥貴族の「ふんわり山芋の鉄板焼き」がわたしも夫も大好きで、飲みに行ったら一人一枚頼んで楽しむ。今日も当たり前のように注文した。これだけは、家では上手く再現できない。やっぱり鳥貴族のこの固い木の席で食べる山芋の鉄板焼きが一番美味しい。ポテトフライも、ついてくるのがケチャップではなくてバターということにも唸ってしまう。焼き鳥というか、サイドメニユーが好きなのかもしれない。食後、みんなで一駅歩きながらアイスクリームを食べた。一昨年くらいからコンビニで売っているブルガリアヨーグルトのアイスが大好きで、たまに買って食べる。三時間くらい留守にしただけなのに、家のなかは蒸し風呂のようであった。

七月十八日

納豆ごはんと味噌汁を食べて、昼過ぎに婦人科へ。最近は外に出た途端にすべてが無に帰するほど汗だくになるので、真夏のメイクはかなり軽めにしている。ポメラを持ってきたので、サイゼリヤでお昼がてら原稿書き。「サイゼリア」ではなく「サイゼリヤ」で、「サイゼリヤでサイゼリ屋」と覚えればいいとどこかで見たことがある。熱いジャスミンティーを飲みながら原稿を書き進め、連載の最終回をなんとか書く。先月はほぼ仕事を止めていたので、待たせている単発の原稿も七割ほど書く。結構集中できて、もう少し書きたかったのでバーミヤンに移動。桃の杏仁豆腐を食べて熱い中国茶を飲み、ひたすら文章を書く。真夏のお店はどこも寒いので、熱いお茶がうれしい。でも、あんまり飲み過ぎると夜眠れなくなるので注意。十八時頃、疲れたので切り上げる。夕飯はスーパーで買った白身魚のハンバーグに照り焼きのタレをかけたもの。あとは茄子のたたき、豆腐とわかめの味噌汁、ほうれん草のおひたし。扇風機の風でほうれん草の上にのせていた鰹節が飛んでいって、あわてて止めた。

七月二十日

午前中に洗濯物と買い物と掃除を済ませる。手を動かしながら原稿のことについて考えて、そろそろ自費出版の日記も作りたいなと思案する。なんだかんだ今年は一冊も出しておらず、年内に一冊は作りたいところ。毎年、毎月、時間が過ぎるのが早すぎて、あっという間におばあさんになっていそう。

午後から、夫と義妹の合同誕生日会。昼過ぎに夫の実家へ行ったが、着いた時点でもう汗だくで、かなり体力がすり減っていた。近所のお祭りに行っていた義弟と義妹、姪もサウナ後のように真っ赤な顔で帰ってきた。今日はわたしがずっと食べてみたかった崎陽軒のジャンボシウマイｍｉｎｉを持って行ったので、みんなで食べる。大きなシウマイを切ると、なかから赤ちゃんシウマイが二十二個出てくるのだが、その瞬間が結構笑える。ホールケーキの四号サイズくらいの大きさで、想像していたより小さいかな?と思ったけれど、実際はボリュームがあって食べ応えがあった。義母がコロッケやヒレカツや煮物などいろいろ用意してくれていたので、おなかがぱんぱん。親戚から届いたメロンも美味しく、帰りもいろいろ持たせてくれた。寝る間際までおなかがはちきれそうだった。

七月二十三日

高校野球の地区予選を観に神宮球場へ。凍らせたペットボトルのお茶や保冷剤などをリュックに詰め、旅行のような大荷物で出かけた。外出したらビールを飲みたいが、さすがに今日の暑さでは身の危険を感じて飲まず。自分の座席のふたつ前に、ほぼ裸みたいな恰好でハイボールを飲んでるおじさんがいて、羨ましいけど心配が勝った。暑すぎて半裸になっている人を数人観測した。結局約十時間応援を続けてヘロヘロになったけれど、四試合目の東京VS日大豊山が延長まで続き、かなり良い試合だった。

わたしも夫も同じことを考えていて、夜は最寄り駅の中華屋で食べて帰ろうと企んでいたが、席数が少ないので今日も入れず。五回くらいチャレンジし続けているのに、人気店で席数が少ないとなかなかチャンスがこない。食べて帰る気満々でいたので、絶望的な気持ちでスーパーに行き、あじのなめろう丼だけ買って家でそうめんを茹でることに。わずかな力を振り絞ってシャワーを浴び、そうめんを用意してビールで乾杯。義父がお取り寄せした新潟の枝豆も蒸して食べる。蒸しているときから甘い香りがして、美味しい予感を与えてくれる。夏らしい一日だった。

七月二十四日

いつも朝起きたら、水出しのアイスティーを飲んでチョコレートをひとつ食べ、原稿を書く。起きてすぐに冷たいものを飲むのは身体に良くなさそうだけど、この一杯が美味しい。近所に住んでいる友だちが、夏はマリアージュフレールのマルコポーロを水出しにして飲むと美味しい、と言っていたのを思い出す。食べ物や飲み物の美味しかったという話は、普遍的で実用的。近所の家の子どもたちがビニールプールで遊んで絶叫している。

夜は今期初のとうもろこしごはん。包丁で実を削いで芯と一緒に炊いて、バターを入れて醬油をちろっとかけて食べるとそれはもう美味しい。おなかいっぱいでもおかわりしてしまう。食べながら、ベーコンを入れても良いだろうなと想像する。万願寺とうがらしと茄子を焼いて薬味で和えたものも出したので、夏の食卓。あとは鯵の干物と味噌汁。魚を綺麗に食べる夫が、わたしの鯵から綺麗に身をすくって食べていた。食後に桃。それにしても毎日暑すぎて、エアコンを切れる瞬間がほぼない。特にうちは二人とも完全在宅なので、二十四時間つけっぱなし。寝ているときもつけているので、とにかく身体がだるい。睡眠時間は長いけれど、睡眠の質は良くない。寝る前にストレッチと足裏マッサージを施した。かなり運動不足。

七月二十七日

日曜定休の八百屋で土曜の夕方に買い物する。八百屋さんとしても売ってしまいたいようで、ほとんどの野菜を破格で売ってくれるのだ。しかし、自我を持って買い物しないと冷蔵庫に入りきらない量の野菜を持って帰ることになるので、適度に断る力も大切になってくる。今日は、三つ葉三束とキャベツと水菜で二百円とか、アスパラ七束で三百円とか、きのこ九袋で百円とか、もうやけくそみたいな値段で売っていた。持ちきれないくらいの量の野菜を買って店を出たら、八百屋さんが出てきてバナナ二袋をおまけで買い物袋にねじこんでくれた。

帰宅してから、二人で必死に野菜を茹でたり冷凍したり酢漬けにしたりと大忙しだった。当たり前だが、買うだけが買い物ではない。「たもぎ茸」という見たことのないきのこを買ってみたが、袋を開けるとにおいが凄まじく、犬の耳のなかにいるみたいだった。しばらくその強烈なにおいに悶絶したが、栄養価がかなり高いようで、味噌汁に入れたら別格の美味しさだった。あとは葉生姜も味噌とマヨネーズをまぜたものにつけて食べた。普段自分では選ばない野菜を食べるきっかけができて、八百屋さんへの感謝の気持ちが湧き上がった。

七月三十日

夜、久々にひとりだったので近所のスーパーで惣菜を買ってビールを開けた。早めにお風呂に入り、ＹｏｕＴｕｂｅを観ながら晩酌。ある大食いの主婦のアカウントが好きで、最近の投稿に触発されてそうめんを茹でる。買った惣菜は塩麹唐揚げ、生姜と蓮根の天ぷら、とろたく寿司。野菜が足りないので、自分でゴーヤの梅和えときゅうりの浅漬けを用意して、のんびり食べた。ビールとチューハイ一缶で酔っ払い、手持ち無沙汰にオリンピックとＹｏｕＴｕｂｅとｉＰａｄとｉＰｈｏｎｅと本を同時に見ていた。それで大の字になって伸びる。誰にも見せられない姿がそこにはあった。とはいえ食器を洗い、明日のお茶を作り、早めに布団に入った。夫の帰りが遅いので先に寝ていたが、夜中地震で目覚めると、彼がオリンピックを観ながら残りのとろたく寿司を食べていた。真夜中に食べる巻き寿司ほど美味しいものはないだろう、と思いながら寝た。

七月三十一日

白桃のジャムを初めて使う。子どもの頃、実家のジャムといえば苺かマーマレードのみだった。いまはスーパーのジャム売り場にはいろんな果物のジャムがあるし、ピーナッツバターや黒胡麻クリーム、塗るとメロンパン風になるクリームなど、我が家でも豊富な種類を取り揃えている。白桃に合うのでは、とクリームチーズも一緒に塗って食べたら大正解だった。最近新しいフライパンを買ったので玉子も綺麗に焼ける。しかし、ネットで購入するときに「二十八センチでいいんだよね?」と夫に聞かれて「うん! そうそう!」と適当に答えて届いたフライパンは、見事に一回り大きくて蓋のサイズが合わず、また蓋を買わなければいけなくて笑ってしまった。以前もわたしは、お風呂の電球が切れたときに、「勢いで買ってくる!」と駅前のコンビニに走ったが、全然違うサイズのものを買ってきて呆れられたのだった。

「勢いしかねえじゃん」と言われたときから、いまもなお成長していない。

この頃はオリンピックを毎晩観ているので、かなり夜更かしになっている。大体二時か三時までテレビを観ていて、気絶するように寝る。テレビを観ながらビールを飲んでお菓子をつまむのが楽しい。「ふんわり名人」という米菓があって、初めて食べたときは「なんかしょうもない食感だな」と思ったけれど、妙にハマる味でもあり、我が家の一軍お菓子になった。レギュラーはチーズときなこ餅で、どちらも同じくらい美味しい。軽い食べ応えなので夜でもいける。半分寝ながらオリンピックを観戦して、明日の買い物リストを作った。

iii

サンタの砂糖菓子

三十年以上生きていると、忘れていることがたくさんある。記憶力には自信のあるほうだが、それでも、何年も忘れていたようなことを、いまでも突然思い出す。記憶とは不思議なもので、思い出すたびに少しずつ美しくなるものもあれば、悲しい思い出が醸成し呪物のようにどす黒くなるものもあり、その人の心の状態によって変化することがある。

長い間忘れていたことを突然思い出すと、狂おしい気持ちになる。頭のなかで突風が吹いたような、満潮の海が荒れるような、スノードームをひっくり返したような、そんな風に全身の細胞が泡立つのを感じる。頭で覚えていないようなことでも、においや音で急に記憶の蓋がこじ開けられることもある。忘れて、思い出して、また忘れて、そんなふうにあと何十年も自分の内面と向き合っていくことになるのだ。

＊

冬場、あたたかくした部屋にコーヒーの香りが漂っていると、受験のときの記憶が蘇る。高校受験も大学受験も、家庭教師をお願いして週に三回くらい授業をしてもらった。高校受験のときは五十歳くらいの女性で、大学受験のときは大学生のお兄さんだった。中一からずっと理数系の成績が壊滅的だったわたしは、一対一でゆっくり解説してもらってやっと、少しずつ理解し始めたのだった。中三のときも高三のときも同様に、一回の授業は二時間半くらいで、日没の早い冬ではいつも暗い時間から授業が始まった。自室の机に椅子を並べ、ひたすら問題を解いて解説を聞き、テストをして……シャーペンを走らせる音と、体勢を変えたときに椅子が鳴る音、マル付けのペンの音が静かな部屋に響いた。途中で母がコーヒーを淹れて、部屋に入ってくる。いつもシュークリームとか、ケーキとか、甘いものも差し入れてくれた。それを食べて十分くらい休憩して、またひたすら勉強する。それは中三のときも高三のときも、同じ風景だった。先生が帰った後自室に戻ると、あたたかい部屋にコーヒーの香りが充満している。受験勉強と、先生との二人きりの時間の緊張から解き放たれてやっと、ベッドに倒れ込む。そしてうたた寝して、起きたらコンタクトレンズがカピカピに乾いていて……そういう細かいことまで思い出して、コーヒーの香りを嗅ぐと、あのときに引き戻されたような不思議な気分になる。

コーヒーの香りはもうひとつの記憶を呼び覚ます。高校生のときに近所のケーキ屋でバイトを始めた。家から徒歩三分くらいのところで、それまでにも何度かケーキを買ったことがあり、バイトに応募してみたのだ。町の小さなケーキ屋さん、といった風情の店で、シェフと補佐のパティシエ、パートとバイトの数人で働いていた。わたしは大体遅番で入っていたので、十六時頃からシフトに入って主にレジと接客を担当していた。その頃はあんまり意識していなかったけれど、ケーキ屋に来るお客さんは大体みんな機嫌が良く、嫌な思いをほとんどしなかった。自分にとって、ケーキを食べることはやや非日常だったが、毎週のように来て買って帰る人もいて、そのとき顔に出てしまっていたのか、「毎週来ちゃってさ、食いしん坊でしょ?」と笑っていたのをよく覚えている。コンビニスイーツというものが流行りだした時代で、放課後に学校近くのコンビニでロールケーキを買っていた自分からすれば、毎週ケーキ屋でケーキを買うその人の暮らしが、すごく豊かに見えた。そのときすでに、そういう人生が羨ましかった。

レジや接客をしていないときは、お店で焼いたクッキーを袋詰めしたり、ケーキにフィルムを巻く手伝いをしたり、わたしにとっては楽しい業務が多かった。いま思えば、高校生の頃の自分なんて常識もなく知らないことだらけで、失礼なことを言ってしまったり、迷惑をかけたりしたことのほうが多かったはずだ。それでも一緒に働いていた人たちはみんな優しく、たいして怒られることもなかったように思う。

わたしが働いていたのは大体短時間なので、休憩時間というものは特になかったけれど、その店では十七時頃になるといつも「お茶の時間」が設けられていた。使い古したやかんでお湯を沸かし(真夏でも同じだった)、バイトがコーヒーかお茶を淹れて、前日のケーキが残っていればそれを食べるという時間だった。とはいえ営業時間内なので、入り口のほうをたまに見ながら、作業台を囲んで立ったままお茶をするというスタイルである。この文章を書いているうちに当時の、入り口の自動ドアが開く音まで思い出してきた。古い建物なので自動ドアの立て付けが悪く、スムーズに開かずに少しガガッと詰まるのだ。シェフのコーヒーには砂糖を三杯、牛乳をちょっぴり。お客さんが来なければ二十分ほどお茶をして、途中で忙しくなれば、そのままなし崩し的に接客に戻る。こどもの日やクリスマス付近の繁忙期にはお茶の時間は取れないが、わたしはその時間が好きだった。ケーキの端っこをつつきながら熱いコーヒーやお茶を飲んで、学校であったことやそれぞれの家族のことを話す不思議なひとときだった。主婦のパートもいれば学生のバイトもいるので、最近女子高生のあいだでは何が流行ってるの?というポップな話題もあれば、実は離婚しようと思っていて届を取り寄せた、という高校生には重すぎる話題まで飛び交った。みんないろいろあるんですね、なんて言い合いながらお茶を啜っていたあの頃から十五年以上経ち、その後どうなったのかな、と気になったままでいる。

高校三年間はそこで働き、卒業と同時に辞めた。同い年のバイトの子とは普段も遊ぶほど仲良くなって、バレンタインには一緒に出かけて、シェフにあげるチョコレートを買った。大学に受かったときはパティシエさんがお祝いにとケーキをご馳走してくれた。そんな思い出のケーキ屋も、三年前くらいになくなった。閉店する日にわたしはたまたま実家にいて、最後に行こうかとも考えたけれど、外から覗いたときに全然知らない店員さんしかおらず、なんとなく行かなかった。厨房のほうにはシェフがいたのかもしれないけれど、結局勇気が出ずに会えなかった。

＊

働いていた頃のある年の瀬、小さな子どもを抱っこしたお母さんがホールケーキを注文して、「クリスマスのは、さすがにもう無いですよね」と聞いてきた。「クリスマスにこの子が熱出しちゃって、ケーキを食べられなかったから買いに来たんですけど……」と言う。抱っこされている子どもは三歳くらいだったか、すでに泣きそうな顔をしている。確かその日は二十七日で、「クリスマス用のケーキは全部二十五日までだったんです」と答え、一応厨房のシェフに聞いてみた。するとシェフは棚をごそごそと探って、サンタクロースの砂糖菓子を出して、ホールケーキにのせてその子に見せてあげた。花が咲いたようにわあーっと笑ったその光景を間近で見て、真冬なのに顔が熱くなった。何気なくて一瞬で、間違いなく美しかった。

こんな一瞬の出来事を、誰に話すわけでもなかった些細な記憶を、ふと思い出す。思い出すということは忘れてなくて、自分の頭の引き出しにとっておいたんだと思う。生きている間何年も覚えているような大きな出来事も、何十年越しに思い出した出来事も、自分の心を照らすたましいの欠片として、等しく光っている。話したことも話さなかったことも全部本当で、全部確かなことだった。わたしはこんなふうにずっと、自分の欠片を探し続けるのだと思う。

考える
チョコチップクッキー

念願叶って、顔のほくろを焼いた。三個焼いた。隣町の人気の皮膚科で予約して、ちゃちゃちゃっと焼いてもらった。麻酔の注射がかなり痛いと聞いていたが、覚悟する間もないくらい流れ作業のように刺された。逆に助かった。焼かれているときはただ肉が焦げるにおいがするだけで、翌日に絆創膏をとって見てみると、ほくろがあった場所は浅く穴があいたみたいになっていた。濃いほくろのところは深めの穴。わたしはずっと、このチョコチップクッキーのような顔が気になっていた。化粧をするたびにほくろの多さにげんなりしたし、余計なものがたくさんついている、とムッとしていたのだ。やっとほくろがなくなって、浮かれた気持ちになっていたが、そういえば普段人に会うことがほぼないのだった。それにきっと、わたしの顔のほくろが三個減ったところで誰も気づかないだろうという淡い失望もある。しかしそれでも、鏡で自分の顔を見るたびに「ほくろ、減ったな」と思っていつもうれしくなっているのは確かだった。

「もし〜だったらどうする？」という妄想をするのが、好きだ。特になんの意味もない会話をするのが好きなのは、書く仕事をしている反動からだろうか。本を読んだり文章を書いて思考を巡らせたりしている時間が長いせいか、それ以外の時間はなるべく中身のない会話をしたい。だから別に自分の本の話も普段はしたくない。聞かれたら答えるけれど、仕事をしていない時のプレーンな自分も大事にしたい。だから自分の作品を友だちや家族に読んでほしいという気持ちがまったく湧かず、そのことで多少気味悪がられることもある。

いつも会話の相手は大体夫だが、先日は「ねえ、うちのお兄ちゃんの結婚式のお色直しは二回だったけど、もし大谷翔平が結婚式するなら、お色直しは五回くらいかな？」と聞いてみた。「それじゃあ、大谷は五百回くらい着替えなくちゃだめじゃん」と言われた。確かにそうかもしれない。大谷翔平はメジャーリーガーで、兄は市井の会社員である。「じゃあ、披露宴は何人来るかな？　三千人くらいは来るかな？」と聞いてみると、「それはわからないけど、そんなたくさん入れる式場はないんじゃない」と言われた。じゃあ東京ドームでやればいいとか、武道館はどうかとか、日本とアメリカでそれぞれやったほうがいいかとか、いろいろと勝手なことを言ってその話は終わった。そういうお気楽な妄想とは別に、「もし、将来犬を飼ったときに、近所の犬仲間と上手くやれなかったらどうしよう？」という先走った不安を感じるときもある。自分で見聞きした光景や物事が枝葉のように分かれていって、さまざまな可能性を考えて焦ってしまう。

このほかにも、「もし食べ物に生まれ変わるなら何になりたい？」や「もし喫茶店を経営するとしたら、何のパスタをメニューに入れる？」など、「もし〜シリーズ」には枚挙に暇がない。一度「もし、この後の人生でおじさんかおばさんか選べるとしたら、どっち？」と夫に聞いたときには「なんでおじさんかおばさんしか選べないわけ？　少女もやらせてくれよ」と怒られた。夕方の散歩や食後のジョギングの時間、晩酌している時間も、こういうくだらない話をしているときが一番癒やされる。妄想には正解も正義もなくて、それが良い。そして妄想の話と同じくらい楽しいのは子どもの頃の話である。

これもまた、遠い過去の出来事を思い出してただ懐かしむだけに過ぎないので、良い。子どもの頃、きつねうどんのお揚げはきつねの肉だと思っていたことや、マンションの廊下にいたカナブンをシャンプーで洗おうとしたこと、給食の時間にクリームシチューを吐いてしまったこと、西瓜の種を飲み込んだら死ぬと兄に脅されたこと……。話せば話すほどしょうもなく、オチもない、でもなんだか話したいことというのはたくさんある。自分で話すのとは別に、夫の子どもの頃の話を聞くのも面白い。昔は二リットルのペットボトルが自販機で売ってた、「新鮮組」というコンビニがあった、電車で寝てる弟の口にシゲキックスを入れた……。ひとつ思い出すとまたひとつ記憶の扉が開かれ、淡々と話して笑って、そして話し疲れて眠る。夏休みの前日みたいな、子どもじみた日々を送っている。

わたしは頻尿すぎて、夜中に一度は目が覚めてトイレに行くが、そのまますぐ寝たら良いのに、ここでも妄想が始まって、頭が冴えていくうちに空が白んでくる。濁流のような思考を巡らせている途中、そういえばと思って、明るくなってきた部屋で眼鏡をかけて夫の顔を眺める。驚いたことに、ほくろがひとつもない。ただのひとつもない。彼はプレーンなクッキーだったんだ、と気づくのに四年くらいかかった。毎日これだけ一緒にいて、気が狂いそうなほどおしゃべりして、嫌というほど顔を見てきたのに、ずっと気づかなかった。わたしが数千円くらいで焼いたほくろのことを思うと、誰も気づかなくても仕方ないか、と納得できた。その日はやけに興奮して、やっぱりなかなか寝つけなかった。

穏やかなフルーツサンド

一時期、デパ地下でフルーツサンドやフレッシュジュースを作るアルバイトをしていた。夏の間だけやってみようと思って派遣会社で登録したが、いざ働き出すと先方からよかったら延長しませんかと言われ、結局はもう少し長く働いた。開店の二時間前に出勤して、その日売るぶんのフルーツサンドを作って、開店したら次の日の仕込みをして、午後はフレッシュジュースに使う果物をカットするという流れである。ひとりで黙々と作業する環境が自分には新しく、わりと楽しかった。地下の食品売り場は、八時に出勤してもフロアに明かりがついておらず暗かった。いまでは考えられないが、バイトの日は朝六時に起きて七時過ぎには家を出ていた。そのため寝る時間も必然的に早くなり、良い生活リズムができていた。早寝早起きで三食しっかり食べるようにもなり、身体の調子も良かった。ただ、毎朝かなり気合いを入れて起きねばならなかった。

起きたとて眠いものは眠いので、ブラックコーヒーを忘れずに持って行く。仕事を始めるときにひとくち飲んで、目を覚ます。コーヒーを飲めるか飲めないかが、体調のバロメーターになっていることには最近気づいた。もし一日に一本飲みきれなかったら、それは身体の調子が良くないサインである。次にチョコレートをひとくち食べ、エネルギーをつける。そうやって気合いを入れたら、生クリームを立てて、パンに塗り、カットしてあるフルーツを挟んで切り、容器に詰める。単純な作業でありながら、基本的にその日使うぶんの材料しか発注していないので、失敗は許されなかった。最初は社員さんが一緒に作って教えてくれたので心配もなかったが、ひとりで全部作るようになるとプレッシャーもかかる。

何より、フルーツとクリームを挟んだサンドイッチをカットすることが、かなり難しい。たまに一緒になるバイトの大学生の女の子はカットが上手で断面が美しく、その妙にうっとりしたものだった。包丁を握る手に力を入れると具が飛び出てしまうし、正方形のパンを綺麗に三等分に切るのも難しい。サンドの断面のクリームはちょうどいい量で敷き詰めないとだめで、フルーツとパンに隙間があってはいけない。切った後も、断面が綺麗に見えるように微調整をしていく。断面のフルーツは良い感じか、パンの耳はきちんと落とせているか……しかしそれなりに手早くやらないと、今度は室温でクリームがだれてくる。販売価格は一八〇〇円、とにかく美しく作らなければ売り物にはならない。最初のほうは、切るときに集中しすぎて呼吸が止まっていた。目も見開くので、コンタクトレンズが乾く。一日に十八個作って店頭に出すが、わたしの失敗によりそれが十五個になったりもした。毎日ほぼ売り切れる商品なので、失敗して商機を失うとつらくなる。しかし日々頑張って研鑽を積み、だんだんと綺麗なフルーツサンドを手早く作れるようになった。働き始めて一ヶ月も過ぎる頃には、いつも昼休憩近くまであたふたとサンドイッチを作っていた自分が、開店時間の十時にはもう使い終わった器具を片付けて包丁を研いでいた。

午後はひたすらフルーツをカットして、重さを量って小分けにする。りんごや桃などはただ切るだけだが、オレンジやぶどうはミキサーで攪拌《かくはん》してから漉《こ》した。西瓜に関しては手で潰して果汁を出すというパワープレイだった。力作業も多く、疲れることもあるが、わたしはこの単純作業に癒やされていた。たまに二人くらいで作業をすることもあるが、基本的に一人でやっていたので、自分の世界で誰にも気を遣わず仕事をできるのがかなり高得点であった。単純作業すぎて、いつも考え事が捗る。エッセイの書き出しを考えたり、日用品の買い物を思い出そうとしたり、動かしている手とは別に、頭のなかもぐるぐると思考が巡っている。残業を頼まれることはほぼないので、終業ぴったりに帰る。そこも気に入っていた。

何より楽しみなのは、デパ地下の食べ物を眺めて帰ることだった。季節のサラダ、季節の揚げ物、中華やハンバーグのお弁当。サンドイッチやチョコレート、ショーケースに並ぶ色とりどりのケーキ。百貨店で働いていると、贈答用のお菓子なども気軽に買って帰れる。友だちや仕事の関係の人に渡す用として買いに行ったのに、お店の人の接客が上手で、つい自分の家にも買って帰る……ということも少なくなかった。催事コーナーに期間限定で出店しているお店もいつもチェックする。愛媛の山田屋まんじゅうは、見かけたら絶対に買う。そして疲れたら、ジェラートで一服、なんてこともある。誘惑に負けることも多かったが、美味しそうな食べ物を眺めているだけでも目の保養になった。

六時起きで行く仕事には気合いが必要だったが、黙々と何かを作る仕事に癒やされてもいた。接客には接客の楽しさがあり、思いもよらないことが起きたり、気づかされたりする。だが、誰かが介在することなく、食材と自分の一対一で進めていく作業も、かなり性に合っていたのだろう。実際に働いたのは半年ほどと短かったが、家でフルーツを切るときに手早く切れるようになったことを考えると、どんな仕事でも何かひとつは獲得できるものがある。朝、眠い目をこすって最寄り駅のホームで電車を待っているときの陽射しや、電車の中で読みかけの小説の頁を繰る時間や、百貨店のまだ暗いフロアを歩くときの足下。追熟したフルーツを触って食べ頃を確かめているときの感触や生クリームの香り、開店前に漂い始めるお惣菜やパンのにおい。思い返せば結構楽しい仕事だった。

春の晩、ふと思い立って八百屋で買った清見オレンジと苺でフルーツサンドを作った。まな板の上で切り分けていくフルーツの爽やかな香りが鼻を抜けて、それだけでなんだか懐かしかった。家の包丁はこの頃切れ味が悪く、サンドイッチを切るには少し難儀した。しかし、出来合いのホイップと食パンで作ったフルーツサンドもなかなか美味しくて、寝る前に三切れも食べてしまった。指についたクリームを舐めとりながら、何かを作っているときの静かで心穏やかな時間を、ひとりで思い出していた。

不安と釜玉

「お前も死ぬ、みんな死ぬ」と、いつも聞こえる。ファミリーマートの入店音を聞くたびに脳内に響く架空の歌詞である。いつからかそう聞こえだして、一度そう思うと一生そう聞こえてしまう気がする。いつか死ぬ、生きている以上はごく当たり前のことだが、生まれてこの方大きな病気も怪我もなく健康に生きてきた自分には、どこか現実味のないことでもあった。しかし、ここ数年立て続けに祖母や伯父、伯母が亡くなって、両親も身体の不調を訴えるようになってきたいま、死というものがわりあい身近なものになりつつある。誰であれ死んでしまえば寂しくて、会うことも話すこともかなわないということが信じられないようだ。それでも近頃は「仕方ない」という諦めのほうが先行している。そうやって静かに覚悟しておくことで、自分が傷つくのを最小限にしたいのかもしれない。

これまでの人生、転校や引っ越しが幾度となくあったからか、誰と出会っても「いつかは離れ離れになる」という気持ちが心の隅にあった。いい人だな、一緒にいて楽しいな、と思う一方で「でもいつかは疎遠になる」と妙に冷静にもなってしまう。そう思うと、たくさん優しくできるし、とことん冷たくもなれる。離れる、会わなくなることで完結した人間関係がわたしにはたくさんあり、何年も同じ人と関係を続けている人を見るたびに、どこか満たされない心がつつかれた。

わたしは両親が三十六歳のときの子どもで、兄二人とは七歳と五歳離れている。夫も七歳年上で、義理の兄弟たちもみんな年上である。父方・母方ともにいとこたちも年上で、そうなるとふと考えてしまうのは「みんなが先に死んでいくこと」だった。親が死ぬことは想像できるが、兄弟が死ぬことはなんとなく想像できない。もちろん、人間何があるかわからないのだから、わたしが先に死ぬことだってある。東京の狭い道路を自転車で走っているとき、熱中症でくらくらしているとき、野良猫に引っかかれて手が腫れてきたとき、些細なことで簡単に「死」というものを連想してしまう。いつもどうしてか、当たり前にあと何十年も生きているという前提で物事を考えてしまう。家を買うことも子どもを持つこともペットを飼うことも、死ぬことは想定されていない。ずっと健康で事件や事故に巻き込まれず、天災にも遭わないで天寿を全うする可能性とは、一体何パーセントなんだろうか。

*

ここ何年か、うっすら気づいていたが、そろそろきちんと認めないといけないことがある。本当は絶対に認めたくないけれど、もう逃げられない。そのことを考えると悲しいし嫌だが、仕方がない。わたしは多分長毛の猫のアレルギーだ。何年か前に皮膚科でアレルギーの検査をしたときは花粉しか該当しなかったが、長毛の猫を触った後はいつも、身体が痒くて何時間か悶絶する。いつも家の近所の地域猫を散歩のついでに撫でるが、そのなかでもとびきり人なつっこい黒い長毛の猫がわたしは好きで、会えばたくさん撫でたり抱っこしたりする。でも、途端に皮膚が熱くなって、帰り道には痒くて発狂しそうになる。首や腕、目や耳などの粘膜に近いところ、果ては頭皮。ずっと認めたくなくて、「汗をかいたせいで痒い」「寒暖差アレルギー」「花粉」と思っていたが、これは確実に猫だと思う。帰宅即、シャワーを浴びて念入りに洗うが、その後も痒さの余韻みたいなものに襲われる。ついこの間も、指先に火がついたように痒くてたまらず、痒いってこんなに苦しいんだ……とげんなりした。

しかし、痒み以上に「長毛の猫と暮らす」という道が閉ざされた事実が何よりつらいものだった。生まれたときから生粋の犬好きの自分だが、ここ数年で「猫も良いな」と思っていたところだった。わたしの友人も猫飼い・猫好きばかりである。これでは、猫側から拒否されたような侘しさを感じる。そういえば、子どもの頃に『とっとこハム太郎』が大ブームになり、わがままを言って我が家にもハムスターがきたことがあった。初めて生き物を飼うという経験に舞い上がったが、一番飼いたがっていたわたしがハムスターのアレルギーであることがわかりほぼ触れず、「毛の生えたネズミ」と言うほど興味のなかった母が仕方なくお世話していた。もともと寿命が短い動物ではあるが、飼い始めて半年ほどのある日、学校から帰ってきたらキャベツの葉の上で死んでいた。なんの予兆もなく突然死んでしまった悲しみもあったが、「キャベツ食べながら死んだのか」という驚きのほうが勝った。その後、犬に関するアレルギーは出ていないのが救いだったが、もしかしたら、ほかにも隠れたアレルギーがあるんじゃないかと常に不安になってしまう。

幸い、食べ物のアレルギーはいまのところない。小さい頃乳製品アレルギーだったが、小学校に通う頃には治っていた。いまはなんでも食べている生活ではあるが、いつも身体がだるいのは、もしかしたら小麦が合わないのでは、と思っている。夜の寝つきが悪いのも、コーヒーが大好きで夕方くらいまで飲んでいるからではないだろうか。それで以前、小麦を抜いて、カフェインも我慢していた時期があった。一ヶ月か二ヶ月くらいだっただろうか。朝はパンとコーヒーで始まる家で育ったため、その習慣を変えるだけでも耐えがたいものであった。小麦とカフェイン抜きの生活を続けた結果として、うっすら感じていた不調が軽くなったのは事実だった。米と味噌汁中心の食生活に身体が喜んでいるのがわかる。しかし、パンとコーヒー、麺類を避ける食生活はなかなか難易度が高い。好きなものには大体小麦が使われていたし、コーヒーはわたしの癒やしでやる気スイッチでもあった。小麦とカフェインを制限するだけで外食の選択肢も狭く、世界から何色かの色が抜け落ちたような感じだった。要するに何も楽しくないのだった。そこまで我慢する必要があるのか?と自問自答した結果、特に気にせずに食べる方向に舵を切った。好きなものを食べずには死ねない……という思いが、年々強くなっているのだ。

三十一歳の春、子宮頸がんの検査に引っかかった。毎年検査に行っているが、引っかかったのは初めてだった。「結婚してるんですよね。お子さん考えてますか?」と先生に聞かれたときに、なんて答えたか覚えていない。再検査をしてから結果を聞くまでの日々、スマホの検索欄には「子宮頸がん　再検査」「子宮頸がん　摘出」という言葉が並び、いままでの身体の不調をたどる。そういえばひどい冷え性だったとか、生理痛がひどくて立てないくらいだったとか、いろんなことが病気に結びついて怖くなる。仕事をしていても家事をしていても、ふとした瞬間に暗い気持ちになった。婦人科の帰り、燦々《さんさん》と輝く初夏の太陽に照らされながらも気分はどん底だった。ただ、どんなに落ち込んでいてもおなかが空くことには変わりない。汗だくで家に帰り着いた後、うどんを茹でて釜玉にして食べた。暑かったし、一人だったので下着姿で麺を啜った。いまにも泣きそうなくらい落ち込んでいるのに、うどんをしっかり氷水で締めることも小葱を散らすことも忘れていなかった。その食いしん坊魂に気づくとだんだん笑えてきたし、心も鍛えられてきた事実が何よりうれしかった。

再検査の結果は異常がなく、先生の「不安でしたね」という一言でまたうっかり泣きそうになった。不安だった。さまざまな可能性が頭をよぎり、諦めることを考えた。しかし、今回は大丈夫だったけれど、いつ身体や心の不調が出てくるかはわからない。どれだけ気をつけていても、病気になるときはなる。そういう仕合わせだったと思うしかない。ただ、いつか来るかもしれないその日まで、いつか死ぬことも忘れてしまうくらい楽しく生きたい。大丈夫、いつかはみんな死ぬのだから。

酢シャンプーの女

小学校一年生のとき、六年生に二番目の兄がいたので、朝一緒に登校していた。二人の兄がいるが、七歳と五歳離れているので、同じ学校に兄弟がいたのはこの一年だけだった。わたしも兄も早起きが得意ではなく、毎朝ギリギリまで寝ていたのでいつも大慌てで家を出ていた。家から小学校までは十分強で、六年生の兄とわたしでは足の速さや体力にかなり差がある。ついていくのがやっとではあったが、「次の電柱まで走る！」とか「あの家までは歩く」とか、緩急をつけた指示を受けながら頑張って通っていた。兄がいるうちは安全面でも大丈夫だったものの、二年生になって一人で登校しだした途端、わたしは車にはねられてしまった。遅刻しそうで焦った結果、飛び出してしまったのである。まだ二年生で体重も軽かったので、ぶつかった衝撃で十メートルほど飛んでいき、救急車で運ばれた。わたしは救急車＝大事、命に関わると思って大泣きした。実際は擦り傷と打撲だけで、半日の入院で済んで帰宅した。しかし、頭を打った衝撃でできた痣がだんだん顔におりてきて、片目の周りが黒くふちどられたときには痛々しい姿ではあった。わたしはしばらく家で「パンダ」と呼ばれていた。

平成中期、小中学生の間で「プロフィール帳」というものが大流行していた。連絡先や住所、生年月日、好きなものや好きな人、内緒の話や将来の夢など、さまざまな質問があらかじめ印刷されている用紙をまとめたものである。それを友だちに配って書いてもらうことで親交を深めていた。なかには友だちのみならず、先生にも書いてもらうこともあり、さらに盛り上がった。中一のとき、部活の友だちが数人でわたしの家に来た。リビングでのんびり過ごしていたら、椅子にかけてある学ランをとりたいと、兄が一瞬入ってきた。一人の友だちが「お兄ちゃん高校生なの？」と興味を持ち、わくわくした顔をしていた。中一のときなんて、中三でさえ大人っぽく見える。

当時高三だった兄が大人に思えたのだろう。その後学校で、その子がお兄ちゃんにプロフィール帳を書いてもらいたい、と一枚渡してきた。家で兄に渡しつつ、(何を書くんだろう……)と思った。数日で書き終えたようで、検閲していると、「ここだけの話」という質問に「妹は酢で髪を洗っている」と書いてあった。

その通り、わたしは酢で髪を洗っていた。一回のシャンプーにつき、大さじ一の酢を入れていた。そのために、わたしが入ったあとのお風呂場には、どこの家庭でも使っていたであろうミツカンの酢があった。シャンプーですよ、というような顔をしながら。なぜ酢シャンプーをしていたかというと、酢を使えば髪の色が抜けると聞いたことがあって、茶髪に憧れていたわたしは迷わず酢に頼ることにしたのだった。田舎の中学で、髪を染めている生徒なんて超がつくヤンキーしかいない。学年に一人いるかいないか、という程度である。わたしは茶髪に対して強い憧れがあったが、部活もやっているし、見た目も地味だし、とことん普通の生徒だった。突然茶髪にするような度胸はない。周りだって戸惑うだろう。でも、酢を入れたシャンプーをすることで、だんだん色が抜けていくなら、自然でいいのではないだろうか。市販のカラー剤を買う必要もない。そうして毎日お風呂に酢を持ち込んで、せっせと髪の毛を洗っていた。実際に効果を感じることは、ほぼなかった。「少し茶色くなったかな?」と思う瞬間もあったが、多分光の加減や日焼けでそうなっていただけで、わたしの髪は黒いままだった。

それを、あろうことかプロフィール帳に書かれてしまった。かなりショックだったが、書かれてしまったものは仕方ない。酢で髪を洗うという衝撃的な事実を友だちに明かしてしまったが、特にそのことについて言及されなかった。わたしは中二で転校したので、それきりその友だちに会うこともなかった。ふとしたときにグーグルマップのストリートビューでその頃住んでいた街を眺めて、みんな元気かな、と思いを馳せる。言わなかっただけで本当は衝撃を受けていて、「あの、転校していった酢でシャンプーしてた子」とわたしのことを思い出すことはあるだろうか。

*

今年の初夏に結婚式を挙げた。コロナ下で結婚したので延期になってしまったが、家族や友だちを招待して無事に執り行うことができた。準備は思っていたより大変で、二人とも式一ヶ月前から仕事をストップしたし、ダイエットのために毎晩必死に走るなどした。式の前日までなんだかんだ準備して、当日は天候に恵まれたことに深く安堵した。昼過ぎに式場に入って身支度を開始してからは、挙式のリハーサル、本番、披露宴とあっという間に時間が進んで頭がついていけないほどだった。わたしは普段履かないような十二センチのヒールを履いてドレスを着たので、「とにかく転ばないように」と足下ばかり気にしていた。一度も転ばなかったが、その歩く姿を見た母には「歌舞伎みたい」と言われた。本当にその通りだった。

披露宴に入り、お色直しも終わった頃、兄が近づいてきて突然、「半グレを追いかけたしーちゃんってどの子なん？」と聞いてきた。「半グレを追いかけたしーちゃん」とは、わたしのデビュー作『常識のない喫茶店』に出てくる同僚で、店内で理不尽に怒鳴ってきた半グレ風の男を店の外まで追いかけて言い返した、英雄のような存在の友だちである。喫茶店の同僚にも出席してもらっており、高砂の近くのテーブルにはしーちゃんが座っていた。わたしは自分の家族に本を書いていることは知らせているが、本を読んでいるとは思わなかったので、なんで知っているんだろう？という疑問がすぐに浮かんだ。

「そこにいるよ……なんで知ってるの？　本読んだの？」と聞くと「いやいやいや……」と濁す。しーちゃんが半グレを追いかけたことなど、読まないと知りようがないことなので、それはもう認めていいだろうと思ったけれど、お兄ちゃんってエッセイを読むんだ、という新鮮な驚きもあった。言われた瞬間は結婚式で言うか⁉と思ったし、結構動揺してしまったけれど、当のしーちゃんに「こんな妹ですが……よろしくお願いします」と言って笑っていたので、まあいいかと思った。思えばうちは転勤族で、家族ぐるみで仲が良い友だちや、親や兄たちが知っている友だちがほぼいなかった。地元で生まれ育った夫には、幼なじみや家族ぐるみで仲の良い友だちがいるが、わたしにはいない。自分自身、家族に自分の話をしないタイプということもあるが、わたしの友だちを紹介できたことは、親や兄たちにとってもうれしかったのかもしれない。結婚式とは、それが叶う場でもあった。

式が終わった後、わたしと夫は会場のホテルに泊まった。近くで夫の幼なじみが飲んでいるというので合流して一時間ほどお酒を飲んで、部屋に帰ってきたのは二十三時過ぎだった。披露宴のときは食事をする暇がなく、居酒屋でもほとんど食べていなかった。小腹が空いていたので、近くのコンビニで買った出汁茶漬けを食べる。お祭りのような怒濤の時間が過ぎた後、部屋でひっそりと食べるお茶漬けがやけに沁みた。そういえば、小さい頃はお茶漬けの食べ方まで兄に指南されていたことを思い出す。お茶漬けは熱いから、ごはんを片側に寄せて空気に触れさせて冷ましてから食べろ、と言われていたが、わたしは当時流行っていた永谷園のお茶漬けのＣＭの真似をして熱いまま掻き込みたかった。そんな些細な出来事を少しずつ思い出しながら、ふかふかのベッドに身を沈めた。

食わず嫌い

食べたことがないのに、食べられない食べ物が多い。それは、馬刺し、鴨肉、イクラなど多岐にわたる。シャコやウニは見た目が無理で、はちみつは虫が運んでいると思うとなんだか嫌で、長い間食べられなかった。イクラは寿司ネタとしても人気なので、わたしが食べられないことに驚く人も多かった。なんかこう、命すぎて無理なんだよな……と思う。肉も魚も、命をいただいていることには違いないが、イクラは命が密集しすぎていて食べる気になれないのだった。刺身は好きだが、魚介類の半分ほどは食べられない。鶏と豚と牛も好きだが、それ以外の肉は食べられない。野菜や果物はほとんど食べられるが、肉や魚にNGが多く、外食のときはいつも迷う。食べたら平気かもしれないけど、食べる勇気が出ない。いきすぎた想像力で口に運べない。

食べてみなよ、と勧められても、「嫌」と「怖い」が押し寄せてきてどうしても食べられない。

「損してる」と何度言われたかわからない。「美味しいのに」「食べてみなよ」と勧められても、そう簡単には食べられない。なんか嫌、というふんわりした気持ちが、長い年月をかけて強固なものに変わってきているのはわかっていた。でも、なかなか気持ちを切り替えて食べることができない。お酒が好きで飲みに行くことが多いが、一度友だちが予約してくれた店のコースで馬刺しと合鴨のサラダとイクラが流れるように出てきたときは困り果てた。長い付き合いの友だちでも知らないことなんてたくさんあって、友だちはわたしが食べられないものを知らなかった。しかし、馬刺しや鴨やイクラなどは、好きな人のほうが多いのだ。ましてやお酒好きとあらば、大体の人が喜ぶ食材である。食べることが好きなのに、食べられないものが多い（食べたことがないのに）のは大きな弱点だった。そしてその食わず嫌いは、食べ物以外にも表れていた。

わたしはスポーツ全般をスルーして生きてきた。文化系の部活をやってきて、大学も文学部を卒業した自分にとって、スポーツはかなり縁遠いものであり、時には邪魔な存在だった。楽しみにしていたテレビ番組が野球の中継で観られなくなったり、ワールドカップのときは兄たちが絶対にサッカーを観たがるので自分の観たいものが観られなかったり……。そんなことが重なったせいで、自分にとってスポーツとは歓迎できない存在になっていた。それに加えて、やる側としてもあまり運動神経が良くなかったから苦手意識もある。通っていたスイミングではなかなか進級できず、小学校の高学年になっても小さな子たちと一緒にバタ足やクロールの練習をしていた。子どもながらに、自分の運動神経の悪さにはがっかりしていた。足だけは速かったが、なんせ反射神経が悪すぎてどんくさい動きしかできない。そうなると、やる側だとしてもスポーツとは疲れるだけのつまらないもの、という認識になってしまった。そのまま成長してもスポーツを好きになるきっかけなどなく、死ぬまで興味が湧かないだろうと踏んでいた。

しかし、結婚相手はスポーツ大好き人間だった。幼い頃から野球や卓球など、とにかく身体を動かすことに親しんでいて、大人になってもテレビで中継しているようなスポーツの試合はひと通り追っているし、実際に観に行くこともある。夏は高校野球に一喜一憂し、オリンピックやワールドカップ、世界卓球なども欠かさずにチェックしているので、常に大忙しだった。そんな姿を近くで見ていながらも、「自分には関係ない」というフィルターがいつもかかっていた。アイドルにハマっている人やアニメにハマっている人を目にして思うような、「でも自分には関係ない」という俯瞰した考えがいつもあった。しかしそれは、そもそもルールを知らなかったり、見てもいないからそう思っていただけだった。

＊

昨年、初めて高校野球を観に行った。野球を観るなんて、小学生のとき以来である。兄が少年野球チームに入っていたので、練習や遠征にはよく同行していた。幼かったので当然ルールなどわかるはずもなく、ただついていっただけだった。あるときは、少年野球の仲間たちとの東京旅行についていって、巨人の試合を観た。本当は観たくないけれど一人でいるわけにもいかず、東京ドームで退屈な時間を過ごしたのだった。試合の行方なんてもちろんどうでもよく、特に応援しているわけでもない巨人軍のキャラクター「ジャビット」のメガホンを適当に振っていた。野球にはいつも、退屈な思い出がついてきた。

学生時代もスポーツに縁遠い生活を送って大人になったが、それでもやはり、野球は国民的スポーツだった。夫と一緒に暮らし始めてからずっと、夏は毎朝高校野球の中継の音で目覚める。まどろみながら聞く「右中間」という言葉は、長いあいだ「宇宙間」だと思っていた。「宇宙間、抜けた!」という叫びを聞くたびぼんやり、星や月が脳裏に浮かんだ。日中の試合は興味が湧かずほぼ観ていなかったが、夜に放送される「熱闘甲子園」という番組は好きだった。番組の演出もさることながら、亡くなった父に捧げるホームランとか、小学校時代のバッテリーが甲子園で対決とか、ドラマチックな要素がたくさんある。何より、高校生が頑張っている姿というものがただただ美しくて、毎晩涙していた。

それで昨年の夏、前日に急に思い立ち東京都の地区大会を観に神宮球場へ向かった。夫がずっと行きたいと言っていたので、じゃあ一日くらい行ってみるか、とその気になったのである。地区大会とはいえ、準決勝だからか平日でもかなりの客入りだった。仕事はどうしているのだろう、なんて人のことを言えないが、保護者ではないただの野球ファン、という感じの人も多くいた。わたしにとって東京は地元でもなんでもないので、どこを応援しているわけでもない。強いて言うなら、出身大学の付属校をふんわり応援しているくらいである。だからどこまでも中立の立場で試合の行方を見守った。

初めて集中して試合を観終わり、ふと気づいたことがあった。球場を出て青山のほうまで歩きながら、夫に「野球って、常に九人と九人が戦ってるわけじゃないんだね」と話しかけた。「え?」という反応だった。わたしが言いたかったのは、サッカーやバスケなど、ほとんどのチームスポーツは両チーム平等な数で戦っているが、野球は守りが常に九人ということに対し、攻める側は一人ずつ打席に立つので、塁にいる三人と打者一人、最大でも四人しかグラウンドに立たないことに気づいた、という話だった。いままで野球のルールが全然わからなかったのは、この時点で既にぼんやりしていたからなのだった。わたしは、その程度の解像度で地区大会の試合を観ながら、熱闘甲子園では毎回涙している、適当な人間なのである。

子どもの頃から野球をやっていた夫にはびっくりする話だったようで、「そんなの観てるときに人数数えたらわかるじゃん？　それがわかってなかったわけ⁉」と笑われてしまった。おそらく、審判やコーチャーがいるので、そのあたりがごちゃごちゃになってしまっていたのだろう。その日以降だんだんとルールがわかるようになってきて、いまでは六割くらいは説明できる（と思う）。実況の「鋭い当たり」や「ゲッツー」というのが何を指すのかもわかる。至極当たり前のことだが、ルールがわかってからは野球がだんだん面白くなってきた。九回でも逆転のチャンスがあることや、奇策がハマって好守備になること、大谷翔平がどれだけすごいかということも、解像度が上がってからは格段に理解が進んだ。今年も地区大会を観に行って、試合の行方を見守った。戦っている選手たちにとっても、その家族や同級生たちにとっても、一生の思い出になるであろう美しい瞬間に立ち会ったことが、奇跡のようだった。

これまでずっと、読書や犬、お酒や喫茶店がわたしの趣味であったが、近年新たに野球という娯楽も加わった。競技として面白いという感動とは別に、食わず嫌いを克服したような清々しさがあった。嫌いなものは嫌いなままでいいし、好きなものだけ愛する人生でいいと思っているが、野球を好きになったことで新しい窓を開けたような感覚を手に入れた。好きなものはあればあるだけいいいな、と気づいたのが大きな実りだった。確かにわたしの食わず嫌いは、損だったのかもしれない。楽しみを増やすために、ひとつ勇気をもって食わず嫌いを克服してみようと誓った夏の日だった。

明日のパン

満開の桜の木の下で、みなが笑っている。小さな子どもたちや、カートにのせられた犬、家族や恋人や友だちと来ている人たち、誰もが幸せそうに過ごしている。桜の花びらがふわふわと舞い降りて、お母さんに抱っこされている赤ちゃんの頭にひとつ、くっついた。気づいた瞬間、笑い声が湧く。昼間から缶ビールを飲む人、手作りの豪華なお弁当を広げる人、ボールで遊ぶ子どもたち……そのボールがわたしたちのところに転がってきて、ほどよい力で投げ返す。恥ずかしそうに頭を下げてくる。そんな光景がどこまでも平和であたたかくて、わたしはなんだか恐ろしかった。死後の世界があるとしたら、こんな感じなのかもしれないと思う。隣にいる夫にそう言ったら、「確かにね」と笑っていた。

家に帰る道すがら、「何か買うものあったっけ」と考える。頭のなかで家の冷蔵庫を開けると、牛乳があとわずかで、納豆があとひとつ。冷凍の餃子を買い足しておいてもいいし、明日のパンもないや。「明日のパンってなに？」と夫が笑う。明日のパンというのは、明日のパンでしかない、と言う。いたってシンプルに、明日の朝食べる用のパンのことを指す。「いつもそう言うけど、なんだろうって思ってた」とこぼすので、わたしは驚く。調べてみるとそれは関西地方の言いまわしだとわかった。母が大阪で生まれ育ったので、そういう言い方がわたしにも身についている。さらに調べると、関西のほうが朝食にパンを食べる割合が高いのだそう。確かに、実家にいた頃にごはんと味噌汁、みたいな朝食を食べた記憶がほとんどない。東京で生まれ東京で育った彼とは、こういう細やかな差異が幾度となく浮かび上がる。

わたしはそばよりうどんの地域で育ったので、大人になってから外食でそばを食べるようになったこと、家庭で普通にたこ焼き器があってお昼ごはんに食べていたこと、おでんのちくわぶの有無や煮物の味付け、ファミレスチェーンや給食の思い出……。

そういう取り留めのない話をえんえんと続ける。夫婦ともに家で仕事をするから基本的に一緒で、同じ食事をとり、お茶を淹れておしゃべりして、夜はまた布団のなかでいつまでも話している。喋りすぎて寝るのがいつも遅くなり、疲れるくらいには話題が尽きない。

毎日好きな時間に起きて寝て、自分のペースで仕事をして、食べたいものを食べて行きたいところに行って、こんな生活がいつまで続くのだろうとよく考える。同じマンションに住む人たちのことを「普段なんの仕事してるんだろうね」と推理しながら、多分わたしたちだってそう思われているに違いない。勤めに出かける様子もなくいつも私服で、たまに夜遅く帰ることもあって……。「犯罪組織だと思われてるかもね」と、昼の十二時に屋上で洗濯物を干しながら笑う。朝と昼を兼ねた食事をとった後、夜は何を食べようかなと考える。スーパーで買い物するのが、好きだ。ドラッグストアも良い。毎週毎週、ゆず胡椒だとかフローリングシートの替えだとかを買い足して、ちまちまと生活を積み上げていくことが、なぜだか心地良い。柔軟剤を詰め替えて、食器をハイターに浸けて消毒して、冷凍のごはんのストックを作る。毎日毎日こんなことをしていてもまったく飽きず、幸せを触って確かめるように未来のことばかりを考える。

明日の夕飯のために塩鮭やブロッコリーを買い、一週間後には切れるであろうシャンプーの替えを買い足し、来年また袖を通す日のために冬用のコートをクリーニングに出しておく。明日が来ることを微塵《みじん》も疑わずに毎日暮らしてきて、だけど、当たり前に明日が来る保証なんてない。どれだけ健康に気をつけていようが病気になることもあるし、誰かに殺されてしまうことだってあるし、大きな災害に遭う可能性だって十分にある。今年の元日、夫の実家で姪とぬいぐるみで遊んでいて、地震の速報が流れたときは、心が潰れそうだった。元日のお笑い番組が一変して、赤や黄色の大きな枠で「津波 逃げて」と書かれた画面に変わる。楽しい団らんの時間を送っていたであろう人たちが、こんなに寒い時期に着の身着のまま外に避難して、建物は倒壊して道路も割れている。その人たちの心のうちを想像したときのつらさもあるが、わたしのなかに大きく横たわっていたのは恐怖そのものだった。のんきにおせちを食べてお酒を飲んで子どもと遊んでいても、それが突然断ち切られて家も家族も失うことが、現実に当たり前にあるのだった。

どんなに痛ましい事件や事故があったって、時間が経てば日々の忙しさに押し流されて少しずつ忘れていく。でも最近は、自分でこつこつと積み上げてきたこの暮らしが壊れることが前よりもずっと怖くて仕方ない。毎日笑って過ごしていながらも、どこか静かに覚悟しているような心持ちで生きている。こんなこと、誰かに話したら笑われちゃうかもなと思いながら、どこまでも生きることにしがみついていることに気づく。出かける夫を見送るときにいつも「気をつけてね」と言うのは、口癖なんかじゃない。明日のパンだって当たり前に食べられなくなるときがあるかも、と考えるとまた、涙が出そうになる。日記に書くほどでもないような些細なことも、無駄だと思えない。

夫と出会ったのは春で、初めて会ったのは公園の桜の木の下だった。コロナ禍で人と会うのがはばかられる時期、外なら良いだろうとわたしの家の近くの公園で待ち合わせた。漫画を貸すという口実で会ったが、前から知り合いだったみたいに話がはずんだ。坂を転がるように付き合って同棲して結婚して、そりゃあ喧嘩もあったけれど、ずっと仲が良かった。一緒にいる間はほとんど笑っていた。でもたまにすごく悲しいとき、夫にくっついて大泣きすると、泣き止んだ後、彼の頬にはわたしのアイシャドウが移って光っていた。その煌《きら》めきを見るといつもわたしは、情けなくてあたたかな気持ちになった。

出会ってから毎年欠かさず花見に行く。歩いて行けるくらい近所の公園でコーヒーを飲むこともあれば、車で海沿いの公園まで出かけて半日ほど過ごすこともある。電動自転車をレンタルして川沿いの桜を見ながらサイクリングしたこともあるし、終電で帰ってきてそのままコンビニで買ったお酒を飲みながら夜桜を眺めたこともある。思い返すと結構な回数、花見をしてきたものだ。何を食べるかいつも悩むけれど、定番はパン屋で買ったサンドイッチ、水筒に入れた熱い紅茶、チョコレート。夜は肌寒くなるのを見越して、カーディガンを一枚忍ばせるのも忘れてはいけない。大きな木の下でレジャーシートを広げて、昨年の桜の花びらが挟まっていたのを見たとき、今年もなんとか生き抜いた、と思った。

あとがき

わたしは平成四年生まれ、ビールはサッポロ、コーヒーはブラック、おにぎりは梅、カレーは甘口、りんごや梨は硬めが好きです。音楽が好きで、食べることが好きで、お酒も大好きですが、性格はやや暗いです。普段あまり出かけませんが、都会でのチャージスポットはキリンシティと新宿ベルク、古い喫茶店です。滅多なことで食欲は落ちず、風邪を引いても夏バテしても唐揚げや天丼を欲する元気なところがあります。明るい時間にお風呂に入って、あとは寝るだけの状態で晩酌することが一番好きです。

商業出版四冊目は、『記憶を食む』というタイトルで、食べ物にまつわる文章を書きました。美味しかったものや思い出の味を始め、へんてこな記憶や恐ろしい出来事など、書き出してみればどんどん記憶の蓋が開き、文章に書き起こしていきながら思い出を咀嚼するような、文字通り「記憶を食む」作業でした。甘い、苦いなど一言では表現できないような複雑な味わいが、わたしの記憶のなかにごうごうと渦巻いていたのです。

本文のなかでも書いた通り、わたしはかなり記憶力が良いです。ぞっとするほど良いです。それで助かることや誰かの役に立つこともありますが、忘れたいことをなかなか忘れられないのも確かで、時折苦しさも感じます。嫌な記憶があぐらをかいて消えない、ということは誰でもあると思いますが、同じ感情が何十年も続くことはないんだ、ということにこの頃気づきました。五年前の自分といまの自分の心の持ちようが違うように、いま苦しい気持ちもいつかは薄くなって、どうでもよくなるということが、実際にたくさんありました。「人の気持ちは変わる」ということが、どこか恐ろしいことのように思っていた時期がありました。

しかし、いまは良い意味で、何かが変わるのは自然なことで、悪いことばかりではないと受け入れられるようになりました。だから、きっと全部大丈夫になるという、どんと構えた気持ちでいられるようになりました。生きていれば大変なことは山ほどあるけれど、生きてさえいれば、小さな石も大きな山も乗り越えていけるのです。知らない間に乗り越えてきたこともあれば、それを背負ったまま生きていくことだってあります。誰かと生きていくことは、文章を書いて誰かに読んでもらうことは、乗り越えたものや背負っている荷物を見せ合うことなのかもしれません。

『記憶を食む』を刊行するにあたって、連載開始のお声がけをしてくださったカンゼンの伊藤真さん、編集を引き受けてくださった編集室屋上の林さやかさんに深く感謝を申し上げます。約一年間、三人で楽しくやりとりをして、たくさんのうれしいお言葉や励ましをいただきながら、本を作ることができました。また、不思議な、それでいてとってもキュートな装画を描いてくださった岡本果倫さん、思わず目を引くような美しい装丁をしてくださった脇田あすかさん、本当にありがとうございました。ご一緒することができて光栄です。おふたりの素晴らしいお仕事に、自分も頑張ろうと勇気をもらえました。

また、連載当時からお読みいただいたみなさま、ずっと活動を応援してくださっている方たちにも、最大級の感謝をお伝えしたいです。たくさんのあたたかい言葉やうれしい気持ちをいただきました。今回の本も楽しんでいただけたら何よりです。そして、いつも一緒にごはんを食べてくれる人たちに、たくさんのありがとうを言いたいです。

二〇二四年秋　月のきれいな日　著者しるす

初　出

株式会社カンゼン公式noteにて掲載、一部改題

「考えるチョコチップクッキー」「穏やかなフルーツサンド」「不安と釜玉」

「酢シャンプーの女」「食わず嫌い」「明日のパン」は書き下ろし

僕のマリ

一九九二年生まれ、福岡県出身。文筆家。二〇一八年頃から執筆活動を開始し、二〇二一年『常識のない喫茶店』（柏書房）を刊行。ほかの著書に『書きたい生活』（柏書房）『いかれた慕情』（百万年書房）など。自費出版の日記集も作り続けている。犬とビールと喫茶店が好きで、料理はいつも目分量。

ブックデザイン　脇田あすか＋關根彩
装画　岡本果倫
編集　林さやか（編集室屋上）
　　　滝川昂（株式会社カンゼン）
DTPオペレーション　飯村大樹
プロデュース　伊藤真（株式会社カンゼン）

記憶を食む
2024年11月20日　初版

著　　者　僕のマリ

発 行 人　坪井義哉
発 行 所　株式会社カンゼン
〒101-0021
東京都千代田区外神田2-7-1 開花ビル
TEL 03（5295）7723
FAX 03（5295）7725
https://www.kanzen.jp/
郵便為替 00150-7-130339
印刷・製本　株式会社シナノ

　ISBN 978-4-86255-740-7　Printed in Japan
定価はカバーに表示してあります。